사임당의
비밀편지

사임당의
비밀편지

초판 1쇄 인쇄일 2016년 12월 12일
초판 1쇄 발행일 2016년 12월 19일

지은이 신아연
펴낸이 양옥매
디자인 황순하
교 정 조준경

펴낸곳 도서출판 책과나무
출판등록 제2012-000376
주소 서울특별시 마포구 방울내로 79 이노빌딩 302호
대표전화 02.372.1537 **팩스** 02.372.1538
이메일 booknamu2007@naver.com
홈페이지 www.booknamu.com
ISBN 979-11-5776-326-9(03810)

이 도서의 국립중앙도서관 출판시도서목록(CIP)은 서지정보유통지원 시스템 홈페이지(http://seoji.nl.go.kr)와 국가자료공동목록시스템(http://www.nl.go.kr/kolisnet)에서 이용하실 수 있습니다.
(CIP제어번호 : CIP2016029262)

신아연 장편 소설

사임당의
비밀편지

1부

성숙

1

"엄마…… 이혼이 오늘 됐어요."

시드니에 사는 둘째 아들한테서 전화가 왔다.

"아, 그래? 네가 수고 많았네."

"제가 수고한 건 없고요. 근데 원했던 것 맞죠?"

"그럼. 이제 정말 홀가분하다. 애써 줘서 고맙다."

"아니에요. 하지만 수속이 복잡하고 시간도 오래 걸리는 게 보통인데 어떻게 엄마 아빠 건은 수월하게 바로 통과되었어요."

짐짓 아무렇지 않은 척하려던 것도 아니었는데 아들에게 민망할 정도로 마음의 동요가 없다는 것에 인선은 되레 불안했다. 하긴 아들이 이혼 수속이 끝났다는 말을 오늘 꼭 전하겠다고 약속했던 것도 아니고, 인선 스스로 '오늘쯤은'하는 예감이 있었던 것도 아니었으니. 아니지, 그러기에 갑작스러운 통보에 더더욱 놀라야 하는 것 아닌가. '철렁'은 아니더라도 적어도 가슴께가 '뜨끔'은 해야 하는 것 아닌가.

"나 지금 떨고 있니?"라는 오래전 인기 드라마의 명대사를 패러디하여 옆에 누가 있다면 '나 지금 좀 떨어야 하는 것 아니니?'라고 묻고 싶었다.

드디어 이혼을 했다. 별거한 지 4년 만이다. 이혼이 성립하는 법적 별거 기간 1년을 채우고도 3년이라는 시간이 훌쩍 더 지난 지금에서야. 실감을 해야 했다. 속 깊은 아들이 원한 것 맞느냐고 되물어 주기까지 했지 않나.

아들의 그 말이 위로가 되지 않은 건 아니지만, 어쩌면 그것은 속 깊어서라기보다 이혼 법정에 직접 섰더라면 판사가 묻는 말이었을지 모른다. 말하자면 이름과 생년월일 등 본인을 확인하는 하나의 절차이자 요소이기에 아들이 전화상으로 그렇게 대신 물은 건지도 모른다는 뜻이다. 그것도 오랜 습관에서 비롯된 것이 아닌, 이제 막 배운 것을 외워서 한 것이리라.

아들은 보름 전 변호사 면허증을 받았다. 자격취득 전부터 이미 6개월 동안 파트타임으로 법원에서 근무했지만 정식으로 변호사가 된 후 첫 수임 건이 부모 이혼이었던 것이다. 그러니까 방금 아들의 전화는 서류를 접수시키고 법원의 최종 판결까지 받아냈다는 것을 통보하기 위한 것이었다. 부부 사이에는 더 이상 부양할 미성년 자식이 없으니 구태여 법원에 출두하지 않아도 서류만 왔다 갔다 하는 것으로 모든 절차를 마무리할 수 있었기 때문이다. 호주의 이혼법은 그러했다.

아들은 부모를 이혼시킨 불효자라는 오명을 쓸 것인지, 부모에게 이혼을 선물한 효자로 이해될 것인지…….

부모를 이혼시키다니! 무관심했으면 했지, 두 사람에게 헤어지라고 권한 적이 단 한 번도 없었던 아들로서는 펄쩍 뛸 일이다. 의뢰인이 부모였던 탓에 수임료도 한 푼 못 받았으니 장사로 치면 아직 마수걸이도 못한 셈인데 이 무슨 억울한 소린가 싶을 것이다. 그러니까 아들은 수임료도 못 받았고, 인선은 인선대로 빨간 내복도 못 얻어 입은 것이다.

'변호사 아들 덕 톡톡히 봤네. 더구나 일사천리 진행되었다잖아. 자기 실력이었다면 변호사 소질이 상당하군. 아무리 그래도 그렇지, 아들이 부모 이혼시키자고 변호사 된 것도 아니고, 하필이면 공교롭게 타이밍이 그렇게 되다니. 코미디도 이런 코미디가 없네, 완전 블랙 코미디야.'

인선은 씁쓸하게 혼잣말을 내뱉지만 그 역시 그냥 하는 소리일 뿐이다. 이혼이 뭐 대수랴.

아무리 살았던 곳이라 해도 인선에게는 21년의 갭이 있는 서울 생활이었다. 게다가 갱년기 증상까지 겹쳐 시드니에서 되돌아온 후 숙면을 취한 적이 거의 없었다. 어차피 매일 설치는 밤잠, 날이 날인지라 아예 작정을 하고 그날 밤 컴퓨터 앞에 앉아 아들에게 편지를 쓰기 시작했다. 하지만 말이 편지지, 결국은 독백이 되리라는 것을 인선은 처음부터 알고 있었다.

"오늘 엄마 아빠의 이혼 확정이 너에게 어떤 느낌을 주는지 모르겠구나. 네 마음이 어떻든 네 속이 어떻든 엄마는 그저 미안하기만 하구나. 아무리 성년이라지만 이제는 정말 더 이상 네 곁에 있어 주질 못하는 것이 미안하고, 둥지가 헐려 돌아올 보금자리가 없는 너와 형의 처지가 난감하게 된 것이 민망하다. 아빠는 왜 너한테 이런 통보를 하도록 했을까. 아무리 네가 수속을 진행했다 해도 결과까지 네가 직접 알려 줄 필요는 없지 않았을까……. 너는 괜찮다고 하겠지만 아빠가 너한테 잔인하고 비겁했다는 생각이 엄마는 드네."

인선은 비로소 사뭇 슬픔이 밀려오며 눈가가 촉촉이 젖어 오는 걸 느꼈다. 모니터의 글자들이 춤추듯 어룽지며 빗길의 자동차 헤드라이트 빛처럼 흘러내리기 시작했다.

이혼이 비로소 현실이 되어 인선의 삶으로 뚜벅뚜벅 걸어 들어

오고, 반대로 두 아들은 인선을 비껴 까무룩히 멀어지고 있었다. 두 아들과 분리되는 느낌은 당혹스러웠다. 예상 못한 일, 예견하지 못한 일 앞에서 허둥대고 있는 꼴이었다. 아이들과의 심리적 · 정서적 탯줄을 끊은 지는 벌써 오래전이었다고 믿어 왔는데 그보다 더 질긴 무엇인가가 잘려 나가는 고통스러운 느낌의 실체는 무엇일까.

끊어낸 것은 남편과의 관계임에도 모성마저 쓸려 나간 것 같은 아픔과 안타까움과 죄스러움이라니. 목욕물을 버리려다 아이까지 함께 버린다더니……. 불현듯 자신의 존재를 알리듯 묵은 치통 같은 미미한 통증이 인선의 가슴 밑바닥으로부터 스멀스멀 피어올랐다. 이때 갑자기 뜬금없는 생각이 불쑥 끼어들었다. 현모이면 반드시 양처여야 하는 걸까. 현모악처, 우모양처 따위의 말은 애초 성립이 안 되는 것일까. 둘은 반드시 젓가락처럼 한 쌍이어야 하는 것일까. 아니, 양처든 악처든 그건 아무래도 좋았다. 그건 어차피 남편이나 다른 사람의 평가일 뿐이다. 다만 아이들에 대해서만은 그럴 수가 없었다.

아이들이 뭐라 한 것도 아닌데 어쩔 수 없이 당당하지 못한 이 느낌, 결국 자식에 대해서만큼은 자유로울 수 없는 것이 엄마라는 굴레인가. 자신은 현모양처였다고, 이혼은 자기 잘못이 아니었다고 책임 전가라도 하고 싶은 것일까. 느닷없는 현모양처 타령이 웬 말인가.

"그래도 당신은 아이들의 장래를 지켜볼 수는 있잖아요. 원한다면 함께할 수도 있고요. 나는 위로 스물일곱부터 맨 아래로 여덟 살까지 일곱 남매를 남겨두고 세상을 떠났답니다. 그때 내 나이는 마흔여덟, 내 딴에는 열심히 살았다고 생각했는데 돌아보니 아무것도 해 놓은 게 없었던 거죠. 혼인 적령기가 훌쩍 지난 아이들이 둘이나 있는데다 집안은 곤궁하고, 애들 아버지는 있었지만 그 사람을 믿고 편히 눈을 감을 상황도 아니었어요. 이런 지경에서 엄마로서 자식들 앞길에 무엇 하나 매듭지어 주지 못하고 눈을 감았던 거지요. 그때 내 심정이 어땠겠어요? 내 아픔과 슬픔이 지금 당신과는 비교할 수 없이 컸다는 말을 하려는 건 아니에요. 당신의 아픈 마음을 위로하기 위해 내 이야기를 꺼내 보는 거지요. 그래도 일곱 아이들은 제 갈 길을 모두 다 갔답니다. 막막한 현실의 벽에 부딪힌 운명이 오히려 길을 찾아 준 것이지요. 사람은 누구나 자기를 찾아가는 본능적 더듬이를 가지고 태어나는 것 같더군요. 그러니 너무 걱정 말아요. 당신이 어떤 처지에 있든 아이들은 나름대로 잘 살아갈 거예요."

눈물을 훔치며 노트북을 위로 밀치고 이마를 책상 모서리에 반쯤 걸친 채 엎드렸던 기억은 있다. 그렇게 잠이 들었던 모양이다. 부스스 깨어나 노트북에 불을 밝히고 모니터 오른쪽 하단에 표시

된 시각을 확인했다. 오전 5시 8분, 곧 날이 밝아 올 것이다. 인선은 뻑뻑한 눈알을 굴리며 맑지 않은 머리를 몇 번 흔들면서 쓰다 만 간밤의 편지를 훑었다. 당연히 몇 줄 안 되려니 생각했던 글이 화면의 절반가량을 채우고 있었다.

'언제 이만큼이나 썼지?'

편지를 쓰기 시작했을 때와는 달리 평정심을 되찾은 후 찬찬히 읽어 내리기 시작했다. 그러다 단락이 바뀌는 곳에서 인선은 멈칫했다. 자신의 글이 아니었던 것이다. 간밤에 쓴 글의 분량까지는 기억하지 못한다 해도 7남매를 둔 것은 뭐며, 마흔여덟에 세상을 떠났다는 건 또 무슨 소린가. 소설을 쓰다 만 것도 아니고 그렇다고 다른 곳의 글을 가져다 옮긴 기억도 없다.

믿기지 않는 일은 그때 일어났다. 인선의 눈앞에서 모니터의 여백이 간단없이 메워지기 시작했던 것이다. 억눌렸던 속내가 터져 나오듯 거침없는 글의 아우성에 인선은 눈길을 떼지 못했다. 눈 깜짝할 사이도 없이 이어지는 내용에 인선의 시선은 결박된 듯 모니터에 붙들렸다. 마치 폭 좁은 휘장에 몸이 휘감기듯 인선의 정신은 한곳으로 친친 둘려 감기고, 그렇게 감긴 채 동여매져서 공중에서 휘청대는 느낌이었다. 알 수 없는 곳으로부터 온 정체 모를 편지는 인선의 상황을 빗대면서 실상은 자신의 이야기를 쏟아 내고 있었다. 자기 말마따나 시작은 인선을 위로하기 위한 것이었는지 몰라도 전개는 그렇지 않았다. 맺힌 한이나 곡절을 쏟아낸다고까지 할 수는 없으나 뭔가 묻어 둔 사연이 있어 보였다. 상황 판단은 어느새 뒷전인 채 인선은 쏟아져 내리는 글 세례를 온전히 맞고 있었다.

"죽는 게 두렵거나 억울하지는 않았어요. 마흔여덟이면 당시로서는 세상 뜨기에 그렇게 서운한 나이도 아니었고 실상 죽음이 불쑥 찾아오기도 했고요. 물론 죽음은 곧 찾아들겠다고 몇 차례 경고를 보냈을 수도 있지만 나의 하루하루는 너무나 바쁘고 또 치열했으니까요. 다만 나도 당신처럼 아이들과 헤어져야 한다는 것이 서럽고 미안하고 가슴 무너졌던 거예요. 아직은 더 곁에 있어 줘야 할 막내를 비롯해 의지할 난간을 잃어버릴 아이들을 생각할 때, 엄마로서 책임을 다하지 못하는 안타까움이 이루 말할 수 없었던 거죠.

더구나 애들 아버지는 내가 죽자 곧바로 재혼을 해 버렸지요. 내 생애가 곧 마지막을 맞지 않을까 하는 막연한 예감이 있어 세상 떠나기 얼마 전에 그 사람을 붙잡고 이런 당부를 했거든요. 그 여자와는 지금처럼 정이나 섞고 말이나 섞지, 집에 들이지는 말라고. 애들 생각해서라도 둘이서만 만나라고. 그 무렵 속이 홧홧하고 머리도 아프고 가슴이 눌린 듯 답답한 증상이 자주 나타났는데 마침 그럴 때 애들 아버지가 옆에 있는 날이면 그 자리에서 다짐을 받고 싶었던 거죠. 물론 그 사람은 언제나처럼 내 말을 진지하게 듣지 않았지만.

남편이 나 말고 만나는 여자가 있었거든요. 워낙 오래된 관계라 알고도 모른 척 그렇게 둬 왔는데 막상 내가 곧 죽을 것 같다 싶으니 와락 걱정이 되더라고요. 그간 팽팽하게 줄다리기를 해왔던 부질없는 질투하고는 또 다른 감정이었죠. 그런데 그 사람이 내 말에 어떻게 처신한 줄 알아요? 마치 기다렸다는 듯이, 본인은 미처 생각 못했는데 알려 줘서 고맙다는 듯이 바로 재혼을 해 버린 거죠. 청개구리 우화처럼 차라리 재혼을 하라고 거꾸로 말할 걸 그랬나 봐요. 내 앞이라면 콩을 콩이라 했다가도 뒤집는 사람이었으니까. 재혼만은 말아 달라는 나의 간곡한 당부에 때는 이때다 하고 보복이라도 하듯 그 여자를 냉큼 안방으로 들여놓았던 거죠.

하긴 그 사람, 나한테 억하심정도 적지 않았을 테고 나도 말이 그렇다는 거지, 재혼할 거라는 예상이 없었던 것도 아니니 그다지 놀랄 일도 아니었죠. 하지만 아무리 그래도 자기 좋자고 애들 장래까지 그렇게 무책임하게 팽개칠 줄은 몰랐거든요. 평생 바깥으로 돌며 제 멋대로 살았지만 그래도 마누라 죽고 나면 정신 차릴 줄 알았던 거죠. 그런데 사람은 고쳐 쓰는 물건이 아니라더니…….

짝을 못 지어 준 나이 꽉 찬 자식이 둘이나 있는데, 그러니 무엇보다 노처녀로 늙어 가는 딸자식 혼처부터 발 벗고 찾아야 할 판에 어떻게 떡하니 자기가 새장가를 들어요, 들긴. 그것도 자기보다 나이가 스무 살이나 적은 여자하고. 글쎄 큰아들하고 동갑인 여자하고 살림을 차린 거라니까요. 자식보기 부끄럽지도 않은지, 원. 생각할수록 한심한 인간 같으니라고. 애들은 또 얼마나 아버지한테 실망했을지. 하긴 더 실망할 것도 없었을 테지만. 그 인간, 애들 어릴 때부터 무던히도 자식들 보기 부끄러운 짓 많이 했거든요.

내 나이 열아홉에 결혼해서 29년을 함께 사는 동안 말이 가장이자 남편이지, 그 사람은 가정을 제대로 돌본 적이 한 번도 없었어요. 나보다 두 살 위였는데 일생을 빈둥빈둥 허송세월하다가 나 죽기 1년 전에야 겨우 말단 세무 공무원 자리를 하나 얻어서 밥벌이를 시작했지요. 창피한 말이지만 나이 50에서야 겨우 얻은, 솔직히 별 볼 일 없는 직장이었다우. 그래도 자기 처지에 그게 어디야. 그런데 솔직히 말하자면 그렇게 떳떳한 자리도 아니었죠. 음서라고 해서, 요즘 말로 하자면 낙하산이고 더 속되게 말하자면 뒷구멍으로 들어간 거야. 그때 남편 친척이 높은 공직에 있었는데 거기다 청탁을 넣었던 것 같아. 나는 그때쯤에는 아예 남편을 포기한 데다 내 몸 추스르기도 버거워서 알고도 모른 척하고 있었는데 어느 날 취직이 되었다고 싱글벙글하더라고. 으이그, 속없는 사람. 제 실력으로 들어간 것도 아니면서 동네방네 자랑하고 다니기는, 창피한 줄도 모르고…….

근데 내가 원체 복이 거기까진지 남편 월급봉투라곤 딱 두 번 받아 보고는 그만 병을 얻어 세상을 떠났지 뭐유. 평소 앓던 화병이 심해져서 심장병으로 번진 거였지. 남편 밥이라곤 그때가 처음이자 마지막으로 먹어 보았네그려. 그러고 보니 남편 벌어 온 돈으로 생일상도 한 번 받긴 받았구나.

그때 그 인간이 하필이면 저 평안도 어디로 지방 출장을 가면서 세상 구경시켜 준답시고 두 아들애를 데리고 가는 바람에 내 임종 때는 삼부자가 옆에 있지도 않았어. 자기 딴에는 그제야 아버지 체면도 세우고 자식들 앞에서 당당한 모습 좀 보여 주자는 심산이었겠지. 그 일이란 게 전국에서 세금으로 징수한 곡식들을 배로 실어 중앙으로 나르는 것을 감독하는 것이어서 그날 마침 평안도 출장이 잡혀 있었던 거야.

어릴 때부터 장성할 때까지 내 치마폭에서 컸던 아이들이었는데 내가 정작 세상 뜰 때는 옆에 있지도 않았으니 나도 참 박복한 팔자를 타고난 거지. 기왕 평생 백수로 산 거, 나 죽을 무렵까지 그대로 백수로 있을 일이지. 그랬다면 먼 길 출장 떠날 일도 없었을 거고, 애들도 평소처럼 내 곁에 있었을 거고, 그랬다면 나 혼자 눈 감을 일은 없었을 것 아니냐고. 그때 내 마음이 어땠는지 알아요?

남편이 원수다 싶더라고. 결혼하고 이내 바람나서 평생 외도로 내 속을 박박 긁고, 내 자존심을 바닥까지 내동댕이친 것으로도 모자라 나 죽을 땐 애들까지 빼앗아 갔구나 싶어서. 자기만 내 곁에 안 있으면 그만이지 말이야. 우리 남편 이름이 뭔지 알아요? 원수야, 평생 원수. 성 마저도 이 씨라서 '이 원수'야!"

편지 중반부터는 어느새 반말에다 숫제 걸쭉한 장탄식이다. 인선은 이제 기이함과 의아함 따위에는 아랑곳없이 거침없이 이어지는 모니터 이야기 속으로 빠져들고 있었다. 간혹 웃어야 할지, 울어야 할지 판단이 서지 않아 누가 보는 것도 아니지만 어색한 표정이 고민스러울 뿐이었다.

죽은 아내가 산 남편을 대놓고 흉보는 상황을 어떻게 받아들여야 할 것이며, 무엇보다 지금 말하고 있는 이 여자는 도대체 누구란 말인가. 혹여 잘못 배달된 이메일이라면 이해가 갈 수도 있었다. 자기와 비슷한 연배의 기혼 여성이라는 것, 자기처럼 남편 복이 별로 없는데다, 이미 이 세상 사람이 아니라는 것만은 분명했다.

이 세상 사람이 아니라니! 인선은 자기가 한 말에 지레 놀라 혼자 있는 방 안을 두리번거리며 둘러보았다. 그럼 귀신이란 말인가. 이번에도 자기가 만든 공포로 목 뒤가 서늘해졌다. 오싹 소름이 끼쳤다. 귀신의 장난이라는 생각에 몸이 절로 옹송그려졌다.

자신의 영혼에 지금 누군가가 장난을 걸고 있다. 아니, 내 몸으로 들어와 산 자들과 무언가를 소통하길 원한다. 이런 것을 두고 빙의라고 하는 걸까. 도대체 어떤 영혼이 지금 내 영혼에 옮겨 붙기 위해 이런 수작을 걸고 있단 말인가.

이혼 수속에 필요한 법적 별거 기간인 1년을 채우는 동안 인선이 가장 고통스러웠던 것은 혼자된 상황을 견디는 것이었다. 애초 시드니에서 가방 두 개 걸머쥐고 서울에 왔을 때부터 철저히 혼자일 수밖에 없었던 것이다. 인선은 혼자 밥을 먹고, 혼자 잠을 자고, 혼자 거리를 걷고, 혼자 주말을 보냈다. 그렇게 혼자 1년을 지내고, 2년을 버티고, 3년을 살아냈다. 어느 모임에서 인선은 같은 또래의 독신녀를 만난 일이 있었다. 물론 초면이었다.

"댁은 말하자면 배냇병신이군요. 나는 살다가 병신 된 거고요."

"네?"

"그러니까 댁은 결혼 않고 지금까지 주욱 혼자 살았으니 원래부터 팔이 하나 없는 상태로 산 거나 마찬가지고, 나는 늘 두 팔로, 그것도 자그마치 25년간 생활하다가 갑자기 팔 하나를 잃은 느낌이란 거죠."

"아니, 어떻게 그런 식의 비교가 있죠? 참, 나. 당황스러워라."

"왜 그런 거 있잖아요? 사전에 나와 있는 말인데 손이나 발이 절단된 사람들이 실제로는 신체에 더 이상 없는 그 특정 부위가 여전히 있다는 느낌에 시달리는 증상, 가령 손목 아래가 잘려 나간 환자라면 손 전체나 손가락이 여전히 있는 것처럼 느껴지는 거, 그래서 유령 사지(四肢)라는 이름이 붙었다잖아요. 다른 말로는 환상지 증후군(phantom limb syndrome)이라고 하는."

인선은 네이버 검색 내용을 상대의 코앞에 들이밀며 그럴 필요가 전혀 없음에도 동의를 받아내고자 설득했다. 그 무렵 인선은 자신의 상태에 대한 공감을 얻기 위해 누구를 만나든 매달리다시피 필사적이었다.

"그래서요?"

인선의 이해받고 싶은 절박함에 대해 상대는 황당함과 어이없음, 불쾌감을 억지로 누르며 어디 끝까지 해 보라는 투였다. 장애와 이혼의 비유라니. 무참할 것까지야 없지만 듣는 상대에 따라서는 어처구니없기도 했을 것이다. 지인 하나는 몇 십 년을 함께하던 배우자를 단칼에 떼어내고 거짓말처럼 혼자된 상황에서 그보다 더 적절한 비유는 없다며 아낌없는 위로를 하지 않았던 것도 아니다. 하지만 누울 자리를 보고 다리를 뻗으랬다고, 이유야 어찌 되었건 50대 중반의 올드미스에게 위로받자고 같은 연배의 이혼녀가 할 소리는 아니었던 것이다.

인선이 '개발한' 황혼이혼과 장애인 비유는 그 후에도 또 한 번 있었다. 역시 어느 모임에서였다. 무심코 말했다가 먼저 번 반응도 겪었으니 인선이 먼저 꺼냈을 리는 만무할 터. 더구나 인선은 그 일 이후 기가 죽어 의기소침해진 상태였다. 상대는 이번에도 독신녀였다. 더구나 똑같이 사회복지 관련 공무원이었다. 말하자면 처음에 만났던 이도 복지관 공무원이었는데 그 '사달'이 난 것이었다. 거기다 하필이면 장애인 복지 공무원이었던 것이다. 하지만 두 번째 만난 사람은 무슨 이야기 끝에 처음부터 혼자 산 사람과 중간에 혼자된 사람은 각기 선천 장애와 후천 장애를 겪는 것에 비유할 수 있다며 스스로 명쾌한 정의를 내리는 게 아닌가.

여하튼 별거 초기에 겪은 인선의 혼자됨 내지는 외로움의 수준은 그 정도였던 것이다. 그런 인선의 외로움을 귀신이 달래 주려는 것일까. 그 순간 다시 모니터 상에 글이 쏟아져 내리기 시작했다.

"혼자 있기는 홀로 서기를 위한 필수적 단계이지요. 그것은 마치 한 번도 본 적이 없는 자신의 옆모습과 뒤통수를 비로소 볼 수 있는 기회와도 같아요. 말하자면 자신의 전모를 만나기 위한 여행을 준비하는 것과 같아요. 진짜 신인선을 찾으려고 그 고통이 시작된 거라고요."

'신인선!'

인선은 순간 '흡'하고 호흡을 들이키며 자신도 모르게 두 손을 입으로 가져갔다. 이 귀신같은 여자는 자기를 이미 알고 있었다는 말인가.

"그래요, 인선 씨. 저는 인선 씨를 잘 알고 있지요. 저 역시 신인선이기 때문이랍니다. 아마도 신사임당이라고 하면 바로 알 것 같군요. 1500년대 초에 태어나 16세기를 살다간 인선이가 1900년대 중반에 태어나 21세기를 살고 있는 인선이에게 이렇게 찾아왔네요. 우리 두 사람 사이에는 500년이란 세월이 강처럼 아득하게 펼쳐져 있지만 작은 거룻배 한 척, 아니면 창공의 구름 한 조각을 타고라도 그 강을 건너 인선이 인선에게 닿고 싶었어요. 나와 당신은 닮은 꼴, 단 내가 지난 500년 동안 후대 사람들에 의해 이렇게 저렇게 덧입혀진 이미지를 벗을 수 있다면 말이죠. 나의 속내, 나의 민낯, 나의 속살을 가식 없이 진솔하게 드러낼 수 있다면 말이죠. 그대들의 신사임당이 아닌 나 자신의 신사임당을 되찾을 수 있다면 나와 당신이 얼마나 닮은 인생, 같은 열정을 가지고 살았는지 보여 줄 수 있을 것 같아요. 나와 당신에게, 두 사람의 인선에게 비로소 참 정체성을 돌려주기 위한 내면 여행을 함께 떠나고 싶은 거예요.

그간 나는 시대가 빚어낸 이슈에 끌려다니며 이런저런 이상화로 재단된 이미지에 갇혀 있었고, 당신은 불우한 환경에 짓눌려 본래 모습을 잃고 터무니없이 낮은 자존감에 시달려 왔지요. 나는 마치 뽀얗게 분칠한 것으로도 모자라 금가루까지 뿌린 얼굴로 시대를 초월하며 사람들에게 알려졌죠. 마치 뒤통수는 없고 얼굴만 있는 사람처럼 미화된 이미지를 확대 재생산 당했던 거예요. 반면 당신은 당신 자신의 고유하고 귀한 얼굴을 말살당한 채 표정 없고 색채 없는 사람으로 취급받아 왔어요. 누구에게나 얼굴과 뒤통수가 있음에도, 그래야 온전한 사람임에도 나는 과대평가에, 당신은 과소평가에 시달리며 마치 둘 중 하나만 있는 인간 취급을 당해 왔어요.

내가 당신을 도울게요. 당신을 아름답게 소생시켜 구겨진 당신의 본래 모습을 말끔히 펴 줄게요. 그러니 당신도 나를 도와줘요. 그저 내 말에 귀 기울여 주기만 하면 돼요. 놀라거나 두려워하지 말고, 어떤 선입견도 가지지 말고, 그저 지금부터 내가 당신에게 써 내려가는 편지를 읽어 주기만 하면 됩니다. 그러니까 다른 사람들처럼 당신만은 나를 이상화하지 말라는 의미예요. 실상 나는 나에게 띄우는 편지를 쓰고 싶은 거랍니다. 일기장 속의 독백과도 같은. 그러니까 지금부터 나는 남들로부터 덧씌워진 너무 잘난 이미지를, 인선 씨 역시 살면서 얻은 너무 못났다는 자기 이미지를 각자 벗어 버리자는 거지요."

인선은 '온라인 빙의'라는 말로 지금 자신에게 일어나고 있는 일을 이해할 수밖에 없었다. 빙의가 내 의지로 되는 것이 아니라면 그 제안을 받아들이든 말든 인선으로서는 선택의 여지가 없었다. 더구나 상대는 신사임당이라지 않는가. 자신으로서는 이름이 같다는 것 외에 여하한 공통점을 찾을 수 없을뿐더러, 언감생심 사임당의 인생과 자신의 그것이 닮은꼴이라는 생각은 꿈에라도 해 본 적이 없었다. 당연한 것 아닌가?

사임당이 누구인가. 조선시대 이래로 부덕이면 부덕, 학문이면 학문, 재주면 재주, 그 어느 면으로도 가장 빼어난 이른바 '퀸카'아니던가. 무엇보다 사임당은 조선 최상의 선비이자 최고 경지의 학자인 이율곡의 어머니가 아닌가. 더 놀라운 것은 사임당이 500년 영예에 빛나는 그 모든 타이틀을 내려놓고 자기와 만나고 싶어 하고 있다는 점이다. 지금껏 인선과 500년 후대인들이 알고 있던 그런 사임당은 없다고 하면서.

"방금 말했듯이 내 이름은 신사임당(申師任堂). 1504년 연산군 10년에 태어나 중종 임금의 치세였던 1551년까지 이 세상에 머물렀어. 우리 어릴 적엔 당호라는 게 있었지. 물론 좀 사는 집 얘기야. 그러니까 혼인을 앞두고 이런저런 마음 정리도 할 겸 평소 식구들과 북적대던 것에서 벗어나 호젓하게 혼자 지낼 수 있는 방을 어른들이 마련해 주셨던 거지. 그 방 이름이 사임당이었던 거야. 사임당이란 당호는 중국 고대 주나라에 문왕이라는 왕이 있었는데, 그 어머니 태임이 문왕을 가졌을 때 태교에 온 정성을 다했다고 하길래 '태임을 본 받는다'(師任)는 의미로 어렸을 때 내가 직접 정했어.

시집을 가고 나면 십중팔구 '강릉댁, 누구 마누라, 아무개 엄마' 이렇게 불리게 될 테니 그게 싫어서 어린 나이에 당호를 정한 이유도 있었어. 인선이란 내 이름도 어릴 적 집에서나 불리는 거지, 우리 시대 여자들은 결혼 후엔 거의 이름 없이 일생을 살다 가게 되거든. 이 세상에 태어나 이름도 없는 사람으로 살다 스러져 버리고 싶지 않아서 시집가기 전에 야무지게 당호를 하나 지어 가졌던 거지. 나는 어릴 적부터 '나는 나'라는 생각이 강했던 것 같아. 인선도 그렇지 않았어?

태임이 어떤 사람이었냐고? 아마 인선이도 들어 봤을 거야. 눈으로는 나쁜 빛깔을 보지 말고, 귀로는 음탕한 소리를 듣지 말고, 입으로는 오만한 말을 하지 않는다. 또 사과 한 알을 먹어도 빛깔 고운 것, 모양이 반듯한 것, 고기도 반듯하게 잘린 것만 먹고 상모서리에 앉지 않는다, 등등 소위 지금까지 전해지고 있는 태교 말이야. 그걸 전수하신 분이야. 태교의 원조라고 할까? 게다가 그 분은 문왕을 가졌을 때 거기에 더해 밤마다 글을 읽고 시를 읊었다지. 어머니의 정성이 하늘에 닿았는지 문왕은 중국 역사상 가장 훌륭한 왕이었다고 하길래 나도 그런 여성, 그런 어머니가 되고 싶어서 내 당호를 사임당이라고 지었던 거야.

근데 나이 들어 생각하니까 어려서 선택했지만 하필 태임을 본받기로 한 건 우연이 아니다 싶더라고. 무슨 말이냐면, 태임은 문왕의 어머니이기 전에 한 사람의 온전한 인간이 되기 위해서 부단히 정진한 사람이었던 거야. 나 역시 율곡의 어머니이기 전에 주체적인 한 사람이 되어야 한다는 생각을 늘 했던 것 같아.

하지만 시집가서 한창 애 낳고 할 때는 그저 태교 모범으로서만 태임을 떠올렸으니, 지금까지 후손들에게 전해지는 태교의 정석은 나의 '문왕 어머니 따라 하기 프로젝트'에서 비롯됐다고 할 수 있을 거야. 나도 참 극성이었지. 요즘에는 그런 걸 두고 롤 모델이라고 하는 것 같더군. 꼬맹이가 시집도 가기 전에 자식 잘 낳아 기를 생각부터 했다는 거잖아. 만약 요즘 사춘기도 안 된 예닐곱 살 꼬마가 "엄마, 나도 신사임당처럼 지금부터 태교를 열심히 익혀서 이담에 아이를 잘 키우고 싶어요."라고 눈망울을 반짝이며 다짐한다면 부모가 기겁을 하겠지? 근데 그게 바로 나였던 거지, 하하.

물론 우리 때는 시집을 일찍 가고 주변의 기대나 정신연령도 그만큼 조숙했으니까 내가 일찌감치 육아에 관심을 가졌다고 해서 이상할 건 없었지. 하지만 사임당이라는 내 이름에 자녀 양육 콘

셉트가 아로새겨져 있다는 점에서 내가 마치 치맛바람의 원조인 것 같아 좀 민망할 때가 있긴 해. 또 한편으론 우리 시대 여자들은 시집가서 자식, 그것도 아들 낳아 잘 기르는 것이 존재 이유였다는 의미이니, 정작 자기 인생에서 자기가 빠진 서글픈 자화상이라고 할 수 있겠지. 나 역시 시대적 한계와 당대의 가치관에서 벗어날 수 없는 처지였으니 전통적으로 내려오는 가르침을 잘 따랐던 거지. 더구나 우리 집은 딸만 다섯이었으니까 어서 혼인을 해서 나라도 아들을 낳아야 한다는 무의식적인 강박감이 작용했던 것도 같고."

역사와 후세가 씌운 가면을 벗고 인선에게만은 민낯을 보이고 싶다더니 과연 사임당은 스스로를 치맛바람 원조라 칭하며 거침없이 속내를 털어놓고 있었다. 하지만 아까도 말했듯이 사임당이 누구인가. 500년 조선을 통틀어 전무후무한 위대한 모성의 상징이자, 원조 엄친아 이율곡의 어머니이지 않나. 사임당 앞에 붙은 현모양처의 표상이라는 말이 그저 생겼을 리 만무하지 않은가. 인선은 다시금 마음을 수습하고 옷깃을 여몄다.

"현모양처, 우리 그것 좀 떼고 얘기하면 안 될까? 인선 씨도 아까 보니 이혼하는 바람에 현모양처 이미지에 흠집이라도 낸 것처럼 혼란스러워 하던데 정말 그렇게 생각하는 거야? 인선 씨마저 이러면 난 정말 죽어도, 아니 죽어서도 내 맘 못 털어놓지."

인선은 또 한 차례 기겁을 했다. 이렇게 자신의 생각이나 마음을 모두 꿰뚫고 있을 바에야 더 이상 긴가민가하며 주저하지 말고 완전히 항복을 하는 게 낫지 않을까. 사임당이 처음에 제안한 대로 지금의 인선이 500년 전의 인선과 온라인으로 교류하며 서로의 마음을 훤히 내비쳐 보이기로 하는 것 말이다.

실상 48세에 세상을 떠난 사임당은 평균 수명이 늘어난 지금으로 치자면 얼추 60세 가까이 산 셈이다. 본래 나이 그대로 한다면 인선보다 몇 살 아래이고, 시대적으로 환산한다면 인선보다 몇 살 위에 속한다. 그 정도면 친구 삼지 못할 것도 없는 연배다. 사임당의 타이틀에 주눅 들지만 않는다면 진솔한 대화를 못할 것도 없다.

"그래, 인선 씨 말이 맞아. 회갑 잔치를 이유 없이 하겠어? 60살까지 살기가 쉽지 않은 때였으니 나도 아주 일찍 죽었다고 할 수는 없지. 내가 아까 말했듯이 다만 애들의 장래 문제를 하나도 매듭짓지 못한 채 눈을 감은 것이 마음 아팠던 거지. 아직 잔손이 가야 하는 여덟 살 막내는 막내대로, 큰애들은 큰애들대로 제 앞가림을 못하고 있을 때였으니까. 개인이 할 수 있는 최선 너머 인간으로서 넘지 못할 한계라는 게 있더라는 거지.

나 죽고 나서 셋째 아들 율곡이 그렇게 섧게 울었다고 하더라고. 거의 정신을 잃을 정도로 슬퍼하며 방황이 극심했다는데 그게 제일 가슴 아팠지. 일곱 아이들 중에 세상에 가장 잘 알려진 율곡, 그 애가 특히 나하고는 각별한 사이였거든. 요즘 말로 하자면 코드가 잘 맞았어. 나는 애들한테 이래라저래라 말로 가르친 적이 없었어. 무슨 일이든 내가 먼저 솔선했더랬지. 가령 공부해라, 책 봐라 이런 잔소리를 하는 대신에 내 손에서 책을 놓는 법이 없으니 아이들도 저절로 책을 읽고 면학 분위기에 익숙해졌지. 아침부터 밤까지 시간을 아껴 쓰고 게으른 법 없이 몸을 움직이니 아이들도 제각기 자신의 일에 충실했고, 틈 날 때마다 그림을 그리거나 글씨를 쓰거나 글을 짓는 나를 따라 하면서 아이들의 예술적 재능도 저절로 드러나게 되었어.

그 가운데 율곡은 특히 책과 공부를 좋아해서 나하고 잘 맞았던 것 같아. 부모 자식 간에도 합이 있다고 하잖아. 인간적으로 유대가 더 깊게 느껴지고 유난히 잘 맞는 경우가 있잖아. 큰딸 매창과 셋째 율곡이 재능 면에서나 성정 면에서 나를 많이 닮았더랬지. 두 아이에 비해 큰아들 선이는 학문에 큰 소질이 없었고, 둘째 번이는 음악적 재능과 함께 사교성이 있어서 사람들과 잘 어울리고 어디를 가든 돋보이는 존재였어. 막내도 예술적 재능이 뛰어났지.

공부 쪽은 율곡이 월등했지만 그렇다고 율곡만 각별하게 여기거나 편애했던 건 아니야.

근데 율곡이 한창 예민한 나이에 거울처럼 마주 보던 엄마를 잃었으니 방황과 가슴앓이가 누구보다 컸던 것 같아. 나 삼년상 끝난 후에는 공부고 뭐고 다 그만두고 그길로 절에 들어갔다는데 고작 1년 있었지만 걔가 워낙 '범생'이니 뭐든 설렁설렁 못하는 성격이라 불교 공부도 '빡세게' 했겠지. 의암이라는 법명까지 받아 가지고는 다시 세상으로 돌아왔으니, 유교 국가에서 그게 또 화근이 돼서 승진에 불이익을 받고 반대파들로부터 두고두고 트집거리가 되었다는군. 그것 역시 내가 원인 제공을 한 거였으니 이래저래 가슴 아팠지. 훗날 시험 보는 족족, 아홉 번에 걸쳐 장원 급제를 하는 바람에 구도장원공이라는 역사상 전무후무한 기록을 세웠지만 실은 금강산에서 내려와서 바로 본 시험에선 떨어진 일이 있었어. '범생의 일탈'에 대한 대가를 치렀다고 봐야겠지.

절에 들어간 게 뭐가 문제냐고? 지금 관점에서 보면야 그렇지. 그때는 억불숭유정책을 펼칠 때였잖아. 국가적으로 불교를 탄압하고 유교를 떠받들 때였으니까. 말하자면, 유교 국가의 공무원이 되려는 사람으로서 그 사상부터 의심스럽다는 논리였어. 공직에 몸담을 상황에서 나라에서 금지하는 불교에 몰입했던 전력이 오점이 되는 거야 당연한 거지. 요즘 세태와 빗대자면 철저한 반공 국가에서 좌파 취급받을 빌미를 제공했다고 할까?

다만 엄마의 입장에서 율곡이 불교에 빠지게 된 계기가 가슴 아픈 거지. 내가 살아만 있었더라면, 내가 없다 해도 지 아버지만 정신을 차리고 있었어도 애를 그 지경으로 두진 않았을 것 아니냔 말이야. 부모가 자식 장래를 망친 거지. 다른 재주도 아니고 공직에 나갈 자식 앞길에 걸리적거리는게 있다면 그때그때 치워 줘야 할 판에 부모가 오히려 걸림돌이 되었으니. 거기다 걔는 열세 살 때 벌써 진사초시에 붙었기 때문에 이후 승승장구할 수 있었던 건데……. 그러니까 무슨 일이 있어도 산으로는 들어가지 말라고 말렸어야 한다는 거지.

아버지라는 작자가 그 정도 판단도 못했다는 게 복장 터질 노릇인 거지. 하긴 그 사람이 자식들에 대해서 뭘 알았어야지. 애들의 재능이 뭔지, 좋아하는 일이 뭔지, 꿈이 뭔지 대화를 나눈 적이 있었어야 말이지. 애들 교육을 아내에게 전적으로 일임했던 남편이 아내가 죽었다고 갑자기 '얘, 너는 꿈이 뭐니? 아빠랑 대화 좀 할까?' 한다고 옆에 오기나 하겠어? 이미 머리 다 커서 아버지라면 슬금슬금 피하고 말지. 하긴 그 인간이 교육만 나한테 떠맡겼나? 결혼 생활 내내 돈 한 푼 벌어다 준 적도 없었다니까.

기왕 말이 나왔으니 마저 해 버려야겠다. 뭐냐면 율곡이 불교에 빠지게 된 결정적인 원인은 그 여자 때문이었거든. 내가 그 생각만 하면 자다가도, 아니 죽었다가도 벌떡 일어나게 된다니까. 율곡이 나 죽고 삼년상을 치른 것도 실은 그 여자하고 가능한 한 집에서 부딪히지 않으려고 그랬던 거야. 원래는 일 년 상으로 충분하거든. 걔가 나중에 자기 책에 쓰기를, 그땐 정말 딱 죽고 싶은 심정이었다고 하더라고. 새어머니라는 사람하고 도저히 화합이 안 되니 차라리 죽고만 싶더라는 거지. 걔가 어려서부터 바른 소리 잘하고 까다로운 성미가 있긴 해도 천성과 인품이 반듯하고 예절과 도리에 어긋남이 없잖아. 그런데 오죽하면 그런 말까지 했을까 말이야.

그 인간이 그 돼먹지 않은 여편네를 집에 들여놓는 바람에 마른 풀에 기름 부은 격이 되고 말았던 거야. 내 유언대로 만나도 밖에서만 만났더라면 그렇게까지 애들이 상처받지는 않았을 텐데 말이지. 누울 자리를 보고 다리를 뻗으랬다고 그런 천박하기 짝이 없는 여자가 어떻게 내 자리를 대신할 수 있었겠어. 그런데도 주제를 모르고 새엄마 대접받겠다고 사사건건 애들을 간섭하고 닦달을 해대니 결국 율곡이 못 견디고 집을 뛰쳐나간 거 아냐. 그것으로도 모자라 뻑 하면 울고불고 소란을 피우고, 자살소동까지 벌였다고 하니 그 와중에 애들이 얼마나 혼란스럽고 위태롭고, 어디 한 군데 마음 붙일 때가 있었겠어? 엄마를 잃은 충격과 슬픔도 감당하기 힘든 때에 그런 날벼락이 어디 또 있었겠느냔 말이야.

새엄마가 행여 좋은 사람이었다 해도 받아들이기 힘든 때에 엄마 대접 못 받는다는 자격지심으로 그 여편네가 빈 독에 얼굴을 처박고 엉엉 울어 댔다니, 공명이 돼서 얼마나 시끄러웠겠어? 그게 다가 아니야. 노끈으로 목을 맨다고 온 집을 발칵 뒤집질 않나, 한날은 집안에 무슨 행사가 있었는데 아침부터 토라져서는 하루 종일 방구석에서 나오질 않았다잖아. 일일이 열거하자면 한도 없고 끝도 없어. 아이고, 남세스러워라.

그때 율곡 밑의 동생들이라도 강릉 외가로 내려와 있게 하거나 아니면 애들 이모들이 좀 돌봐 줬더라면 하는 아쉬움과 서운함이 있지만 다들 형편이 여의치 않았을 거고, 무엇보다 그 여자 무서워서 어디 말이라도 꺼내 봤겠어? 율곡이 그렇게 방황을 할 지경이니 다섯째, 여섯째, 일곱째는 어미 품 잃고 한 데로 쫓겨난 병아리 신세와 같지 않았을까.

율곡도 그래, 절에 들어가는 대신 강릉 외가에 갈 것이지. 그랬더라면 나중에 신원 조회에 걸릴 일도 없었을 텐데……. 외할머니가 오죽 저희들을 잘 돌봐 주셨겠냐고. 하지만 얼마나 그 여자한테 시달렸으면 이런저런 판단할 새도 없이 산으로 들어가 버렸을꼬. 어쩌면 율곡은 자기에게는 엄마지만 외할머니는 딸을 잃었으니 외손주들이 모두 외가로 들이닥치면 슬픔을 감당하지 못하고 그대로 무너지실지 모른다는 속 깊은 생각을 했지 싶어. 그래서도 안 갔지 싶어. 아이고, 불쌍한 내 새끼들…….”

자식이 있는 여자라면 그 누가 공감하지 않으랴. 엄마라는 이름에 아로새겨진 DNA는 생명의 원천에서 비롯된 것이니 5백 년, 아니 5천 년의 갭이 있다 해도 면면이 이어질 수밖에 없는 것이다. 인선은 그 DNA의 손상을 최소화하기 위해, 자식들이 받을 상처를 어떻게든 줄이기 위해 두 아들이 성인이 된 후에야 집을 떠날 수 있었다. 하지만 서로 지구 반대편에 있다 해도 살아 있는 한 만날 수는 있었다. 아니, 일생 만나지 않는다 해도 내 새끼들, 이 세상 어딘가에서 제 몫을 꾸려 가고 있겠거니 하는 위안만으로도 충분했다.

다행히 인선의 두 아들은 제 밥벌이를 시작한 상태였다. 변호사가 된 작은 아들은 어릴 적부터 공부 쪽으로 재능이 있었다. 법대에 들어가기 전 영문학 학사와 석사 학위를 조기 취득했고, 불과 만 24세에 변호사 자격증까지 받았던 것이다. 하지만 큰아들은 사임당의 둘째 아들 번처럼 공부보다는 음악적 재능과 사교성이 뛰어났고 인물조차 번듯해서 어디를 가든 돋보였다. 신들린 듯한 기타 연주 실력과 싱어 송 라이터로서 영혼을 휘감아 도는 아우라로 주변을 사로잡았다. 그런 입장에 있는 인선에게 어린 자식들과 죽음으로 이별해야 했던 사임당의 아픔은, 가져다 댄다는 자체로 송구스러운 일이었다. 더구나 사임당의 어린 것들은 엄마를 잃은 후 급격한 쓰나미에 휩쓸려 대책 없이 쓸려 내려가고 있었다지 않나.

"한번은 그 여편네하고 율곡이 하고 이런 일도 있었다잖아. 집에 누가 홍시를 선물로 보냈더래. 사려 깊은 율곡이 덥석 저부터 먹었을 리가 있겠어? 손님한테 하나 권하고 주인이니까 예의상 자기도 하나 집어 들고, 그러고는 나머지는 그 여자한테 가져다준 모양이야. 그런데 너 먼저 빼먹고 줄 거면 이것도 너 다 먹으라며 율곡한테로 홍시 접시를 냅다 밀쳐 버렸다지 뭐야. 그 바람에 율곡의 흰 두루마기에 터진 홍시물이 튀고. 하지만 그 상황에서 옷 버린 게 대수겠어? 율곡이 손님 입에 막 들어가려던 홍시를 다시 달라고 해서 자기 것하고 합쳐 두 개를 마저 채워 가져다줬다잖아. 그제야 여편네 표정이 풀리더라네. 하는 짓이 꼭 서너 살 어린 애라니까.

물론 그 여자로선 자기한테 먼저 보여 주고 손님한테 권해도 순서상 틀리지 않다고 여겼을 수도 있겠지. 하지만 율곡의 눈에는 죄다 자기 입에 넣을 위인으로 보였을 테니, 손님 앞에서 실수하지 않으려고 제 딴엔 소견머리 트인 짓이라 여기고 그렇게 했을 거야. 그래 봤자 열여덟 살이었어. 아직 성인도 되기 전이었다고.

그런 애가 했을 마음고생을 생각하면 정말 가슴이 아프지.

구구절절 더 말할 것도 없이 그 여자의 자격지심이 그 정도였어. 술집 여자가 양반집 안방을 차지했으니 처신을 어떻게 해야 할지 자기도 당황스러웠겠지. 그러니 무시당할까 두려워 사사건건 악악거리는 걸로 자기 존재를 드러냈던 거겠지. 하지만 당하는 상대는 뭐야? 아무리 잘 대해 줘도 자기를 놀리는 것 같고, 업신여기는 것 같은 사람에게서 돌아올 반응이야 뻔한 거 아니겠어?"

사임당은 어느새 인선에게 말을 완전히 낮추고 있었다. 인선을 상대로 이야기를 한다고 하지만, 스스로의 독백 속으로 빠져든 것과 다름없었다.

인선은 율곡의 불교 이력이 출세에 걸림돌이 된 적이 있다는 말에 마음이 머물렀다. 원인과 배경이야 어쨌든 자신도 비슷한 경험이 있기 때문이다. 물론 '출세씩이나' 바란 건 아니지만 독재정치로 서슬 퍼렇던 시절, 1968년 국가보안법 위반으로 무기징역형을 선고받은 아버지로 인해 인선 남매와 그리고 그 배우자들의 공직 진출을 원천 봉쇄하는 연좌제가 적용된 것이다. 오죽하면 인선이 결혼할 때 남편은 "나는 공무원이 되고 싶지 않아요."라는 말로 인선에게 프러포즈를 했겠나.

억불숭유와 반공사상이 한때 두 인선의 집안을 굳게 걸어 잠근

적이 있다는 것이 인선으로서는 사임당과의 대화에서 처음으로 느껴 보는 공감대라면 공감대였다. 두 사람의 삶에서 의미 있는 연결점을 찾아 선 긋기를 하고 싶어 하는 사임당에 자신도 호응할 수 있게 되었다는 생각에 적이 안도마저 되었다.

"휴— 안 되겠네. 이렇게 중구난방 이 얘기 저 얘기할 게 아니라 어릴 적부터 차근차근 풀어야 할 것 같아. 그래야 듣는 인선 씨도 헷갈리지 않을 거고. 아, 그 전에 이거 하나는 짚고 넘어가세.

처음에 인선 씨가 혼잣말로 하던 현모양처가 어쩌고 하던 것 말이야, 현모는 반드시 양처여야 하는지, 아니면 현모는 되는데 양처는 못 되거나, 양처는 되지만 현모는 아닌 경우는 왜 없겠냐고 하던 소리 말이야. 현모양처가 함께 붙어 다니면 제일 좋겠지. 마치 젓가락이 제짝이면 쓰기가 편하듯이 말이야. 하지만 젓가락 두 짝이 다르다고 해서 음식을 집지 못하는 건 아니잖아. 그러니까 현모든 양처든 한쪽만이라 해도 안 될 일은 아닌 거지.

근데 현모양처든 우모악처든 우모양처든 현모악처든 난 그런 말 자체가 싫어. 그리고 그 말은 내가 살 때는 없었던 말이야. 나중에 만들어 놓고는 이미 세상 떠난 나한테까지 가져다 붙인 거였더라고. 이렇게 저렇게 살아야 한다는 말로 옭아매는 세상의 관습이 나는 싫었어. 내가 동의한 적 없는데 태어날 때부터 세상이 내게

씌우는 굴레를 묵묵히 감내해야 하는 것, 그런 사회적 억압에 거부감이 들었던 거지.

그게 무슨 겸손한 소리냐고? 세상이 내린 위대한 어머니, 현명한 아내라는 지고지순한 지위에서 왜 스스로 내려오려고 하냐고? 정말 그렇게 생각해? 그렇다면 우선 내 말을 듣고 판단해도 늦지 않을 거야.

가령 세상이 생각하듯이 이 몸이 양처였다면 남편한테 재혼을 하라 마라는 소리를 했을 리가 있겠어? 감히 어디다 대고 그런 발칙한 소리를 할 수 있었겠냐고. 그때가 어떤 시댄데, 조강지처 버젓이 살아 있어도 또 한 번 장가를 드는 게 가능한 때야. 첩을 들이는 게 아니라 복혼이 허용되던 때라니까. 거기까지는 아니라 해도 칠거지악이 엄연히 존재하던 때에 아파 죽어 가는 주제에, 남편 있는 여자로서 죽는다는 자체가 죈데 감히 남편의 재혼 문제를 들먹이는 여자가 제정신으로 보였겠어?

시집간 여자가 해서는 안 될 칠거지악 중에 몹쓸 병 걸리는 것도 안 된다고 되어 있는데, 그런 나를 내쫓아도 시원찮을 사람한테 되레 내가 큰소리를 쳤으니……. 하긴 쫓겨나기 전에 내가 먼저 죽어 버렸지만서두. 아무튼 내가 그런 당찬 여자였어. 할 말은 하고 말지. 준엄한 칠거지악을 범한 아내였단 말이야. 아내를 내쫓을 수 있는 이유가 되었던 일곱 가지 허물, 즉 시부모에게 불손

함, 자식이 없음, 행실이 음탕함, 투기함, 몹쓸 병을 지님, 말이 지나치게 많음, 도둑질을 함의 굴레에서 몹쓸 병에 걸린 것에 해당되었을 뿐더러 다급한 마음에 그때만큼은 말도 지나치게 많았으니 칠거지악 중 두 가지를 범했네. 아니다, 남편 입장에서는 세 가지를 범했겠구나."

"무슨 말씀이신지요? 어째서 세 가지인가요? 나머지 한 가지는 무엇인지요?"

인선이 처음으로 사임당에게 직접 말을 걸었다. 칠거지악 중 남편을 앞서 먼저 세상을 떠난 것과 재혼을 하지 말라는 당부로 평소보다 수다스러워졌다지만, 또 어떤 죄 같지도 않은 죄를 범했단 말인가?

"응……? 아, 그건 말이야. 차차 말할게. 나중에, 편지 말미에 용기를 내서……. 그러려면 인선 씨하고 정말 많이 친해져야 할 것 같아. 일생 감춰 온 비밀을 비로소 털어놓을 수 있는 친분이 되어야 할 것 같아. 이제는 말할 수 있다는 각오가 서야 할 테지."

지금까지 거침없던 것과 달리 이 대목에서 사임당은 주저하고 있었다. 인선은 공연한 말을 꺼낸 것 같아 마음이 불편했지만, 숨겨진 사연이 무엇인지 궁금증과 호기심이 이는 것도 어쩔 수 없었다.

"자, 이러고도 내가 양처라고 할 수 있겠어? 칠거지악을 어기고 재혼하지 말라는 말을 했대서가 아니라 남편 내조라고는 거의 한 게 없었으니까 하는 소리야. 남편이 집에 붙어 있지를 않은데다, 나는 나대로 거의 20년 가까이 강릉에서 친정살이를 하느라 같이 살지를 않았던 거야. 남편은 한양에서 이미 다른 여자 치마폭에 휘감겨 있었거든. 친정아버지 돌아가신 후론 사위 노릇할 일도 없었고, 나중에 파주 살 때나 이따금 들렀으니 부부의 틈은 벌어질 대로 벌어졌는데 꼴 보기 싫은 건 당연한 거 아냐? 둘 사이가 어색하지 않으면 얼음 같은 냉기가 도는 판에 무슨 내가 내조의 여왕이냐고? 바가지의 여왕이라면 모를까.

마땅히 하는 일도 없이 밖으로 빙빙 도는 남편을 살갑게 해 준 적도 없는 나 같은 여자에게 양처라는 말을 붙이는 건 좀 그렇잖아. 내 남편한테 물어봐. 자식 키우고 자기 일에는 열성이었지만 남편은 찬밥 취급했다고 할 걸. '양처는 무슨 얼어 죽을…….'이럴 거야.

그럼 현모는 되냐고? 그거야 뭐 기준을 어디에 두느냐에 따라 다르지 않을까? 나는 이런 가정을 해 볼 때가 있어. 율곡이 아니었다면 내가 과연 현모 소리를 들을 수 있었을까 하는. 그 말은 '현모란 이러이러한 것을 말한다. 이러이러해야 한다.'는 틀이 이미 존재한다는 의미잖아. 그 틀이나 기준도 시대가 만드는 거고, 또 시대가 바뀌면 그 기준도 달라지는 거니까. 여하튼 당시의 틀에 꼭 맞는 자식을 내가 길러낸 거고, 그게 바로 이율곡이고. 내가 시대 운을 잘 만나서 현모 소리 듣는 거지. 율곡이가 시대 기준에 딱 들어맞게 성공하는 바람에.

그럼 나머지 여섯 아이들은? 모두들 각자의 개성이 있고 나름의 본성이 있는데 율곡처럼 되지 않았다는 이유만으로 내가 그 아이들을 잘못 길렀다는 얘긴가? 그게 아니잖아. 그런 의미에서 나는 현모라는 개념을 다르게 가지고 있어. 세상은 율곡만을 주목하더라도 말이지. 나는 아이들을 세상 기준의 성공이라는 틀에 넣기 위해 닦달하거나 볶아대는 엄마가 아니었어. 그런 의미에서 나는 지혜로운 양육의 어머니라고 스스로 자부할 수 있겠지.

세상은 나를 율곡을 길러낸 어머니라고 추앙하나 본데, 다른 애들은 그럼 내가 안 길렀나? 세상이 우리 율곡이에 대해 그렇게 좋은 말을 해 주니 고맙긴 하지만 율곡이가 외동아들도 아니고, 그럼 나머지 여섯 아이들은 뭐야? 4남 3녀를 둔 내가 공부 잘한 자식에게만 밥을 줬단 소리야? 그렇게 말하면 큰애 선이는 과거 시험에 연거푸 떨어졌거든. 걔는 시험에 본다고 30년을 헤매다 40살이 넘어서야 공직을 얻었어. 지금 말로 하면 거의 고시폐인이 될 뻔하다가 막판에 구제된 거였지. 생각해 봐. 장남이 내내 허송세월하다가 나이 40에 겨우 직장을 얻었다는데 어떤 사람이 그 엄마를 두고 자식 잘 키웠다고 하겠냐고?

게다가 둘째는 아예 공부에는 별 관심이 없었어. 그 녀석은 그저 밖에 나가 놀기를 좋아했는데, 그래서 처음에는 걱정을 좀 했지. 저러다 쟤가 뭐가 되려냐 싶어서. 저렇게 놀다가 나이 차서 제 밥벌이나 할 수 있을까, 제 아버지 짝 나는 것 아닌가 하고 걱정했지. 그런데 나중에 보니 형제 중에서 가장 성격이 좋고 둥글둥글 사람 잘 사귀고 예술적 기질도 뛰어나서 나름대로 자기 길을 찾더라고. 그런 애들은 요즘 세상이라면 인간관계를 잘 맺는 타고난 기질을 살려 사업가가 될 타입이잖아. 반면 율곡은 사교적인 면이 부족해서 천생 공부 쪽으로 나가야 했던 거고. 둘째 아들이 그런 면에서는 율곡보다 훨씬 뛰어난 거지.

이렇게 다 다른 거야. 훌륭한 부모는 자식들의 기질과 장점을 빨리 알아채고 적재적소에 있도록 도와줄 수 있는 혜안을 가져야 해. 물론 그때는 무조건 공부 쪽으로밖에는 달리 길이 없기도 했지만. 그런 중에도 나는 7남매의 개성을 알아보고 각자의 재능을 살릴 수 있도록 격려하고 용기를 주기 위해 최선을 다했어.

율곡 밑의 두 동생 중 막내는 날 닮아 그림을 잘 그렸지. 예술 쪽으로 재주가 나타난 거지. 그러고 보면 큰딸 매창이는 작은 사임당이라는 말까지 들을 정도로 내 예술적 끼를 이어받았는데, 일곱 아이들 중에서 결국 율곡은 공부 쪽으로, 매창이는 예술 쪽으로 두각을 나타냈던 거야. 그 두 가지 재능이 모두 내 쪽에서 흘러갔다고 사람들은 말하지만, 지 애비 닮은 구석이 하나도 없지는 않았겠지.

다 제 그릇대로, 제 몫대로 타고나는 거지, 내가 꼭 그렇게 키웠다고는 할 수 없지 않을까? 아까도 말했지만 그게 순전히 내 힘으로 키워낼 수 있는 일이라면 큰애는 왜 연거푸 시험에 떨어지고 둘째는 왜 책상 앞에 진득하게 앉아 있지를 못했겠냐고. 나는 일곱 아이의 똑같은 엄마인데. 그러니 세상 사람들이, 더구나 후세 사람들까지 율곡만 대단하게 평가하는 것이 다른 애들 보기엔 미안하고 민망하기도 해.

또 아까도 말했지만 내가 생각하는 훌륭한 부모는 자식의 성정과 타고난 재능을 일찌감치 파악하고 타고난 그대로 잘 키워 나갈 수 있도록 기다려 주고, 인내해 주고, 버텨 주고, 믿어 주고, 격려해 주는 부모라고 생각해. 그럼에도 애들 아버지가 있으나 없는 것과 마찬가지였으니 나 혼자 두 몫을 하느라 좀 엄하게 한 면이 있었지. 일곱 아이들이 기본적으로 심성이 모두 발랐기 때문에 나로서는 그게 제일 고마웠고, 애들 아버지는 도움은 안 됐어도 적극적으로 훼방은 안 놓았으니 그것도 고맙게 여기고 있어.

다만 여러 남매 아롱이다롱이 중에 율곡이 당시 기준으로 '대박'을 쳤고 그 덕에 나도 덩달아 세상에 알려졌지만 그렇다고 형제자매들 중 모든 면에서 뛰어났다고 생각지는 않아. 내게 일곱 아이들은 모두 소중한 존재였으니까. 모두 귀한 생명이고. 아, 내 정신 좀 봐. 어릴 적 얘기부터 차근차근 들려주기로 해 놓고는 이렇게 샛길로 빠져 버렸네."

"듣고 보니 정말 그렇군요." 인선이 맞장구를 치려던 차에 사임당이 다급하게 끼어들었다.

"아, 잠깐잠깐. 한마디만 더하고. 내가 일찍이 양처는 못되고 그럼 현모는 되는지 자아 비판하던 중이었지? 그런데 그 현모양처라는 말은 실상 우리 것도 아니야. 나 살 땐 그런 말 들어 본 적도 없었다고 아까 말했지? 그래서 내가 현모양처가 아닌가? 하하.

그 말은 일본이 우리나라를 억지로 차지했을 때 만들어 퍼뜨린 거더라고. 그러니까 조선에는 열녀효부라는 말은 있었어도 현모양처라는 말은 없었는데, 일본놈들이 조선 청년들을 전쟁터에 끌어내려고 엄마들의 심리를 교묘히 이용하기 위한 전략으로 만들어 낸 말이라는 거지. 그때 내가 또 한 번 이용당했지. 군국의 어머니상이라나 뭐라나. 말하자면 자식을 잘 키운 어머니는 아들을 애국심으로 충만케 하여 대일본 제국을 위해 성스러운 전쟁을 수행토록 한다는 개소린 거지.

그전에는 송시열이란 사람이 율곡을 띄우느라 나를 찾아냈던 거고. 나 죽고 백 년 후쯤 나타났던 사람 있잖아, 왜. 선조 임금에서 숙종 임금 때까지 살았던. 자기들 권력의 정당성을 받쳐 줄 조상 계보를 뒤지던 중에 율곡이 가장 적절한 인물이다 싶었던 거지. 그렇게 자식을 훌륭히 키운 그 어머니는 과연 누구일까 하면서 나한테까지 역사 무대로 나오라고 러브콜을 한 거였어.

자식을 위해서라면 부모가 억울한 누명을 쓸 수도 있을 판에 자식을 환하게 비추기 위해 나의 후광이 필요했다는 데에야 마다할 이유야 없잖아. 무슨 소린지 잘 이해가 안 된다고? 아무튼 그런 일이 있었어. 어쨌든 이래저래 율곡이 때문에 나도 바빴어. 세상 무대에 또 불려 나오고, 또 불려 나오고 하느라 죽어서도 편히 쉴 수가 없었네그려.

지금은 아예 5만 원권 지폐에 내 얼굴을 박아 놓았으니, 이것을 끝으로 이 몸은 역사에서 완전히 퇴장해도 되려나? 또 모르지, 내 아들 율곡도 오래전부터 지폐에 불려 나와 있으니 우리 모자를 한꺼번에 부르기 쉽게 하려고 아예 돈에다 대기실을 차려 준 건지도. 그땐 또 무슨 일로 우리 모자를 소환하려나?

말이 나왔으니 일단 끝내자. 그럼 이번에는 내가 열녀효부냐면 그것도 절대 아니지. 친정어머니께 효녀 소리는 들을 수 있을지 몰라도, 시어머니가 나를 탐탁하게 여기셨을 리는 없어. 안 그렇겠어? 대놓고 말씀하신 적은 없지만 당신 아들이 잘난 며느리 때문에 기 못 펴고 산다고 늘 한숨이셨을 거야.

무엇보다 시어머니 모시고 산 기간이라야 얼마 되지도 않았으니까. 결혼 후에도 거의 친정에서 지냈다고 아까도 말했잖아. 율곡도 33세 때 친정에서 낳았고. 열아홉에 혼인해서 38세가 되어서야 시집에 들어가서 살았거든. 들어가서 살았다는 말도 사실 안 맞아. 솔직히 들어가 산 건 잠깐이고 1년 정도 시집에서 살다가 파주로 분가해 나왔으니까. 처음부터 모시고 살던 분이 아니라 나이 들어 함께 살려니 고부간에 서로 마음이 잘 안 맞았어. 내가 고분고분한 사람도 아닌데다.

물론 겉으로야 그랬지, 여자는 이래야 한다, 저래야 한다 하면서 귀에 딱지가 앉도록 사회에서 주입받은 게 있었으니까. 하지만 나는 맹목적으로 순종하는 스타일은 아니었어. 여하튼 시집살이 자체를 안 했는데 효부는 무슨 효부야. 거기다 내가 남편보다 먼저 죽었으니 열녀는 애초 해당사항 없는 거고. 참고로 남편은 나보다 10년을 더 살았지. 열녀는 그 여편네나 되라지, 하하."

사임당의 편지는 과연 거칠 것이 없었다. 그럴 일은 없겠지만, 만약 이 편지가 만천하에 공개된다면 대낮에 속곳 차림으로 거리에서 막춤을 추는 사임당을 연상하리만치 당혹스러운 일이 될 것이다. 이미지라는 것은 한번 갇혀 버리면 달리 벗어날 길이 없는 법.

500년 쌓아 온 현모양처, 요조숙녀, 지고지순, 외유내강의 이미지가 그렇게도 불편했던 것일까. 자수하여 광명 찾자는 것도 아니고 이렇게까지 훌훌 벗고, 이렇게까지 까발릴 게 뭐란 말인가. '임금님 귀는 당나귀 귀'를 외쳤던 이발사처럼 인간에게는 자기 진실에 대한 고백 욕구가 본능적으로 내재되어 있는 걸까. 그로 인해 그간 쌓아 온 명성에 치명타를 입는 한이 있더라도, 어쩌면 명예 자살이 될 수도 있는 위험을 감수하면서까지 의미 있는 일일까.

사임당의 고백은 인선에게 마치 밤에도 화장을 지우지 못하는 여자의 고달픔을 연상케 했다. 아무리 화장하기를 좋아하는 여자라 해도 집에서까지 온종일 화장한 얼굴로 지내야 하고 게다가 그 상태로 잠자리에까지 들어야 한다면 얼마나 끔찍한 일인가.

여기, 낮에는 물론 밤에도 화장을 한 채 평생을 살아온 여인이 있다. 그렇게 500년 넘게, 지금까지도 살고 있다. 단 한 번도 자신의 민낯을 드러낸 적 없는 단아하고 정갈하며 조신하고 자애로운 모습의 여인. 뭇 여성의 모범이라는 박제된 이미지 속에 일생 갇혀 있어야 했던 여인, 자의에 의해서라면 덜 애처롭고 덜 안타깝겠지만 시대적 부름으로 참참이 부활하여 현재는 5만 원권 지폐 속에서 살아가고 있는 여인, 문제는 그 여인이 역사 속으로 불려 나올 때마다 두꺼운 화장이 점점 짙어지거나 기묘하게 변형이 되어 있더라는 것이다. 인선은 비로소 역사적으로 왜곡된 사임당의 생애에 어렴풋이 공감할 수 있을 것 같았다.

이미 이 세상 사람이 아님에도 이 세상 사람과의 소통이 이토록 절실하다면, 동시대 사람들과의 소통에 너무나 무심한 우리들은 얼마나 잘못 살고 있는지. 이러한 인선의 상념을 끊으며 사임당의 말이 이어졌다.

"홀시어머니에 외동아들 집에 시집가서 가까이도 아닌 천 리 길, 그 먼 친정에 뚝 떨어져 외며느리가 20년간이나 시집은 나 몰라라 했다면 요즘 세상에서도 욕먹을 일 아닌가? 하물며 500년 전 사람인 내가 상황이야 어찌 되었건 남의 이목에도 아랑곳없이 나 편한 쪽을 택해서 산 걸 보면 나도 참 보통 여자는 아닌 거지. 그런 나를 보는 시어머니는 어떠셨겠어? 가뜩이나 손 귀한 집에, 달랑 모자 단 둘이 살던 집에 고물고물 태어나는 손자 손녀들은 또 얼마나 보고 싶으셨겠어? 지금처럼 사진을 보내 드릴 수가 있나, 전화로 목소릴 들려 드릴 수가 있나, 어쩌면 당신 여생에 아주 못 볼 수도 있는 금쪽같은 혈육들의 손 한 번, 볼 한 번 쓸어 보실 수도 없었으니 그 심정이 오죽하셨을까? 하지만 솔직히 그땐 남편이 미우니 시어머니도 미워서 애들 데리고 한양에 한번 다녀와야겠다는 생각도 안 들더라고.

찾아뵙는 건 고사하고 명절이고 생신이고 다 모른 척하고 그저 인편에 이따금씩 안부 편지나 보냈을 뿐인데도 그럴 때마다 당신은 괜찮다고, 너희들만 잘 지내면 문제 될 게 뭐냐고, 고생 많으신 사부인께 면목이 없다고 하시며 당신 진짜 속내는 감추셨어. 지금 생각하면 죄송하고 안쓰럽고 부끄럽기도 하지만, 그렇다고 다시 그때로 돌아가서 다르게 살 수 있는 기회를 준다고 해도 솔직히 싫어.

남편도 시어머니를 닮아 우유부단하고 술에 술 탄 듯, 물에 물 탄 듯한 사람이었지. 하지만 시어머니는 까다롭지 않고 자기주장을 안 하는 성격이라 그건 확실히 편했어. 두루두루 구순한 어른이셨지. 어쩌면 형편으로나 지체로나 당신과는 비교할 수 없는 사돈댁에 기가 눌려 속으로만 끙끙 앓으면서 대놓고 불편한 심기를 드러내지 못하셨지 싶기도 하지만, 어쨌거나 나는 내 도리를 안 한 것에 대해 가책을 느끼고 있어. 돌아가시고 나니까 많이 죄송하고 좀 잘해 드릴 걸 하고 후회도 됐지만 그 역시 지금 생각이지, 막상 그때로 돌아간다고 하면 그렇게 될 것 같지도 않아.

친정 부모님도 어떻게 해서든 날 시집살이 안 시키려고 속된 말로 머리를 굴렸으니 시어머니를 방치한 건 나 혼자 책임도 아닌 거지, 뭐. 특히 친정아버지는 처음부터 그런 집을 골랐던 것 같아. 시집살이뿐 아니라 모든 면에서 딸을 최대한 자유롭게 둘 수 있는 집안을 심중에 두신 거였지. 싱글이 아니면서 싱글처럼 살도록 해 주시려고 말이야. 왜 그러셨을 것 같아? 두 가지 이유가 있었겠지.

첫째는 날 당신들 곁에 두고 싶으셨던 거고, 둘째는 내 재주가 살림 사는 여자의 평범함 속에 묻히게 될 것이 두려우셨던 거야. 두 가지 이유 모두 나를 특별히 아끼셨기 때문에 비롯된 것인 걸 난들 왜 몰랐겠어? 사람들이 나의 일곱 아이들 중에서 율곡을 특출하다 여기듯이, 나 역시 다섯 자매 중에서 가장 재주가 많다고 여기셨던 거야. 그래서 나를 남의 집으로 시집보낸다는 게 아까우셨던 거지. 그렇다고 노처녀로 늙어 죽게 할 수는 없고, 시집을 보내긴 보내되 처녀적과 다름없이 당신들 곁에 잡아 두는 방법을 찾으셨던 거지. 내가 지난 편지에서 말했나? 난 딸 부잣집의 둘째 딸로 태어났다고.

일단 처지가 기우는 집과 사돈 맺기 전략이 성공한 후, 다음 단계의 전술이 펼쳐졌어. 나를 그대로 친정에 있게 해 달라고 친정 아버지가 시어머니께 직접 부탁을 하신 거야. 말이 부탁이지, 사실상 통보라고 해야 맞겠지. 생각해 봐. 안사돈도 아닌 바깥사돈이 24세부터 수절해 온 안사돈에게 무언가를 의논한다는 자체가 얼마나 어색하고 별스러운 일이었겠냐고? 그 내용이 더구나 '당신 며느리를 내가 좀 더 데리고 있다가 보내겠소.' 하는 것이었으니, 그때 시어머니 마음이 어떠셨을지 생각만 해도 민망해. 얼마나 어이없으셨을까. 새 며느리가 어디 몸이 아픈 것도 아니고, 그렇다고 친정에 피치 못할 사정이 있는 것도 아니고, 이렇다 할 특별한 사유가 전혀 없는데도 불구하고 그냥 친정에 눌러앉겠다니. 그것도 혼례 치른 후 아직 시어머니께 얼굴도 보여 드리기 전에 말이야.

시어머니는 아마 그때부터 아예 입을 봉하고 살자고 결심하셨을 것 같아. 아들 장가 안 보낸 셈 치자 하셨을 거야. 양해와 이해를 구구절절 구해도 허락할까 말까 할 일에 일방적 통보를 하다시피 하는 아버지 말씀에 기가 눌려 아마 제대로 화도 내지 못하셨을걸. 어쩌면 싸가지 없는 집구석이라고 욕을 하셨을지도 모르지.

어쨌든 그렇게 해서 나는 결혼을 하고도 3년간이나 그대로 친정에 눌러살았다니까. 더 솔직히는 결혼을 했다는 실감도 못했어. 남편하고도 얼마 안 가 떨어져 지내게 되었기 때문에 결혼식을 한 것도, 남편이란 사람이 잠깐 바람처럼 머물다 간 것도, 내겐 모두 한바탕 꿈만 같아서 댕기머리가 쪽진 머리로 된 것밖에는 내 변화된 신분을 실감할 일이 없었어.

다시 말하지만, 시집가서 3년 동안이나 시어머니 얼굴도 모르고 살았단 얘기야. 기가 막히지? 그때 풍습은 남자가 여자한테 장가를 들러 왔을 때였으니까 풍습대로 하자면 신부 집에서 일단 식을 올리고는 늦어도 한 달 안에는 신랑 신부가 본가로 가야 맞는 거였어. 그런데 나는 내처 친정에 눌러앉았던 거지. 내가 생각해도 우리 부모님 욕심이 좀 과하긴 하셨어.

시어머니는 당신이 며느리 봉양 못 받는 거야 속으로 삭힌다 하더라도 하나 있는 불쌍한 아들자식이 장가를 들고도 제 집에서 편히 한 번 쉬지도 못하고, 마누라 밥상 한 번 못 받는 걸 보고 얼마나 속이 상하셨을까 말이야. 그러면서 당신 자식이 못 나서 남편 대접도 못 받고 덩달아 시어미인 나도 며느리 설움 당한다 여기셨을 거 아냐? 우리 시어머니가 유순한 양반이었으니 망정이지, 누가 알아? 한걸음에 달려와 내 머리채를 잡고 한양으로 끌고 가 버리셨을지.

시어머니는 친정어머니하고는 많이 다른 분이셨지. 우리 친정어머니? 까칠하시지. 자존심 강하고, 경우 바르고, 그래서 남한테 싫은 소리 절대 못 듣고, 지기 싫어하시고. 그런 양반이니까 딸만 다섯을 낳고도 남편한테 기죽기는커녕 오히려 처가살이를 시키셨을 테지. 속이야 모르지만 겉은 그러셨다는 말이야. 나도 친정 엄마 닮아서 남편이고 시집이고 나 몰라라, 자식밖에 몰라라 했나 봐.

나는 한마디로 발칙한 며느리였던 거야. 그래도 어쩌겠어? 이 세상에 태어나 내가 살고 싶었던 인생이 있었으니까. 그건 남편이 유능하든 무능하든, 자상하든 괴팍하든, 애들이 공부를 잘하건 못하건, 속을 썩이건 착하건 아내로서, 엄마로서의 역할과는 무관한 나, 신인선, 신사임당으로 살아갈 몫이자 스스로에 대한 책임 같은 거였지.

그러니 애들 키우는 건 몰라도 시집살이까지 하면서 송두리째 나의 존재를 아무것도 아니게 만들고 싶지는 않았고, 드러내 놓고 말은 안 했지만 남편과 사이가 그렇게 벌어지면서 애들을 내가 다 키우는 조건으로, 대신 나는 시집살이는 안 한다, 뭐 이런 거 아니었겠어? 있으나 마나 한 남편에, 아무리 단출하다 해도 시집살이까지 하면서 나를 희생하고 싶지는 않았어. 그런 의미에서 난 나쁜 며느리였어. 내가 효녀라는 소리를 듣는다면, 그건 순전히 친정 쪽 부모님한테만 해당한다고 아까도 말했잖아.

이런 말, 나도 500년 만에 처음이야. 내가 이렇게 솔직해도 되는 건지 솔직히 겁도 나. 이미지라는 건 말이야, 남이 만든 것이기 때문에 남이 나를 또 다른 이미지로 덧칠하기 전에는 벗을 수도 없는 거거든. 나하고는 무관하게 만들어진 그 이미지 속에 막상 갇혀야 하는 건 나인 거지. 그러니 인선 씨, 이 편지는 절대 공개되어선 안 돼. 인선 씨하고 나 사이에서 끝나야 하는 비밀이 되어야 하는 거야. 왠지 알아? 나에 대한 환상이 벗겨졌을 때 고통받는 사람은 내가 아니라 그 환상이 필요한 사람들이기 때문이지. 5백년 묵은 내 속내를 털어놓는 것도 중요하지만, 사람들의 환상을 깨지 않는 것은 더욱 중요하거든. 그러니까 나는 아직까지는 가부장제의 아이콘이여야 하는 거지.

근데 지금까지 얘기한 것만 들어도 나는 전혀 그런 여자가 아니잖아. 인선 씨도 그렇게 느껴지지? 나는 어쩌면 인선 씨 시대의 여성들보다 더 앞선 생각을 하고 살았을지 몰라. 마치 거미줄 걷듯 내 인생 앞에 겹겹이 쳐져 있는 사회적 · 시대적 제약을 어떻게든 거둬내며 나는 내 삶을 살고 싶었거든. 그것이 내게는 천명처럼 여겨졌어. 뭐라고 딱히 설명할 수는 없는데 왠지 그렇게 살아야만 할 것 같았어."

그런 느낌이라면 인선도 충분히 이해가 되었다. 인선 역시 결혼을 했지만 충족되지 않는 허전함이 가슴 한편에 여전히 자리했었다. 남편의 사랑을 받고 안 받고는 문제의 원인이나 치유 방법이 아니었다. 아들을 둘이나 얻었지만 그것으로도 자아의 빈 공간은 메워지지 않았다. 애초 남편과 자식이 채워 줄 수 없는 부분이라는 막연한 생각 속에서 인선도 주어진 현실에 최선을 다했을 뿐이었다.

그렇다고 지금부터 내 인생을 찾겠다고 가족들을 팽개치고 홀연히 떠난 것도 아니고, 일정한 기간을 약속하고 가정을 대신 돌봐달라고 누군가에게 도움을 청한 적도 없었다. 발 디디고 있는 현실에서 목이 말랐고 그러했기에 주어진 환경 안에서 목을 축일 우물을 찾았을 뿐, 한눈을 팔거나 허튼 궁리를 한 적은 없었다. 자신만의 시간을 마련하기 위해 누구보다 살림에 몰두했고 가족 뒷바라지로 발발거렸다.

사임당도 그랬을까. 우물가나 빨래터에서 동네 여인네들과 수다를 떠는 시간을 모아 모아 참참이 활용했을까. 남편과 아이들을 직장으로 회사로 보낸 뒤 부리나케 집안일을 마친 후, 친구들과 점심을 먹으러 다닌다거나 쇼핑을 하는 대신 글을 썼던 인선처럼. 그 시간 인선은 글을 쓰고 사임당은 그림을 그렸으리라. 살림과 자녀 양육으로 베어져 나간 자투리 시간들을 조각보처럼 잇대어 자신의 세계를 아롱지게 수놓았던 사임당을 떠올리자, 인선은 와락 동질감과 친근감을 느꼈다. 아, 그 옛날 나 같은 여자가 살았었구나!

그렇게 해서 인선은 20여년의 결혼 생활 중에 네 권의 책을 냈다. 풀벌레, 텃밭의 과일, 마당 한편의 꽃, 강아지, 고양이 심지어 생쥐까지, 생활에서 포착되는 소박한 것들을 화폭에 옮긴 사임당처럼 인선도 일상 중의 작은 일들을 글로 꾸려냈다. 인선의 섬세하고 예리한 감성 그물에 걸리기만 하면 무채색의 평범한 일상이 비상한 색채를 덧입고 의미있게 다가왔던 것이다.

인선은 결혼 생활 중에 남편이 했던 말이 떠올랐다. “당신은 왜 다른 여자들처럼 남편과 애들만 바라보고 살 수 없는 거지? 결혼 생활이 만족스럽지 않나?” 인선은 그때 딱히 뭐라 할 말을 찾지 못했다. 남편과 아이들이 소중하지 않은 것이 아닌데다 결혼 생활이 만족스럽지 않은 것도 아니었다. 사실 행복한 때가 더 많았다. 하지만 언제나 그것이 다가 아닌 것 같았다. 어쩌면 그것은 다른 것이었다. 그것은 남편으로도, 아이들로도, 돈으로도, 건강으로도, 젊음으로도 채워질 수 없는 깊숙한 자아의 서랍, 혼자 발견하고 혼자만이 길어 올릴 수 있는 깊은 자아의 샘 같은 곳이었다. 환경이나 조건과는 무관하게 본래의 나를 만날 수 있는 통로 찾기 같은 것이었고 상황이 나쁠수록 자신을 버티게 하는 근원, 원천 같은 것이었다.

신혼 때 남편의 본가에서 잠깐 살았던 적이 있다. 시어머니가 계셨고 인선의 둘째 아주버니 내외와 어린 조카도 함께였다. 결혼 안 한 큰시누, 이혼하고 친정으로 되돌아온 작은시누와 두 남자 조카들, 이렇게 여덟 식구에 남편과 인선까지 도합 열 명이 한집에 기거했다. 인선은 그때 어땠는가. 말 그대로 아침 먹고 돌아서면 점심 걱정, 점심 먹고 치우면 저녁 찬거리를 준비해야 했다.

잠깐 그랬다. 한 달도 안 되는 짧은 기간이었다. 그런데 그 잠깐 동안 인선은 결혼 자체를 물리고 싶을 지경이었다. 암담하고 암울했다. 두렵고 막막했다. 이건 아닌데, 이건 아니었어, 신혼의 달콤함이고 뭐고, 이 상황을 어떻게든 벗어나야 한다는 생각에만 골몰했다. 아니, 벗어난다는 표현만으론 턱없이 부족하다. 차라리 탈출이라고 말하리라. 살림에 매몰되는 현실은 마치 덮쳐 오는 쓰나미에 속수무책 휩쓸려 한순간에 가뭇 존재를 잃는 공포로 인식됐다. 그것은 단순히 밥하기 싫다, 빨래, 청소하기 싫다는 따위의, 반복되는 가사 노동에 대한 게으름이나 타성과는 다른 자각이었다. 이렇게 살아서는 안 된다는 생존의 빨간 신호등이 켜진 것이었다. 위협에 대한 경고였다.

손윗동서는 인선을 다정하고 자상하게 챙겨 주었다. 유복하고 정상적인 가정 배경을 가진 사람 특유의 꼬인 데 없이 밝고 착한 심성을 가진 사람이었다. 어둡고 이기적인 집안 분위기 속에서 혼자 살림을 꾸려 오다가 새사람이 들어오자 동지 의식도 한몫했을 것이다. 그때 동서는 인선과 함께 대가족 살림을 함께 꾸리며 서로 의지하고 우애 있는 사이가 되고 싶어 했다. 윗사람의 위세를 부린다거나 가난한 친정을 가진 인선을 업신여기는 일도 없었다. 그럼에도 인선이 시가에서 유일한 같은 편이라고 할 동서로부터도 도망가고 싶었던 것은 자기 자신이 없어질 것만 같은 숨 막힘 때문이었다.

그런 점에서는 동서도 인선의 삶을 위태롭게 하기는 마찬가지였다. 아침 설거지와 집안 청소를 마친 후, 동서는 인선에게 점심때는 비빔밥을 하자며 장바구니를 챙겨들고 같이 장을 보러 가자고 했다. 인선은 집안일을 마친 후 잠시라도 짬을 내어 책을 읽고 싶었으나 하는 수 없이 동서를 따라나서야 했다. 콩나물, 시금치, 호박 등 비빔밥 재료를 이것저것 장바구니에 담으며 인선의 동서는 가벼운 콧노래까지 나지막이 불렀다. 그녀는 인선으로 인해 새로운 활기를 찾고 있는 것 같았지만 인선은 그야말로 죽을 맛이었다. 사람이 어떻게 밥만 먹고 살며, 밥만 하고 살 수 있단 말인가 하는 생각이 인선의 머리를 어지럽히고 마음을 어둡게 물들였기 때문이었다.

과거를 회상하는 인선의 괴로운 상념을 뚫고 사임당의 음성이 들려왔다.

"시어머니 모시고 살던 때, 하루는 이런 일이 있었어. 어머니 친구분들이 며느리들을 대동하고 우리 집에 놀러오셨더랬어. 이 씨집 새 며느리 얼굴을 보기 위한 나들이였던 건데, 나는 별로 할 말도 없고 대화에 끼고 싶지도 않아 대접을 마친 후엔 멀뚱히 있었는데, 시어머니 보시기에 좀 불편하셨던 모양이야. 나더러 너는 왜 그렇게 아무 말도 안 하고 꿔다 놓은 보리자루처럼 앉아만 있냐고 하시는 거야. 어른들도 계시고 동기 같은 며느리들도 왔는데 속엣말도 좀 나누고 하지 그러냐고. 그래서 내가 뭐라고 한 줄 알아?

'여자란 집 밖에 나갈 일이 없으니 뭘 들어 아는 게 있어야 할 말도 있는 거 아닌가요? 저는 도무지 아는 바가 없습니다.' 이랬지.

아는 게 있어야 대화에 낄 것 아니냐는 내 말에 어머니가 좀 무안하고 당황이 되셨는지 겸연쩍은 표정을 지으시며 더 이상 아무 말도 안 하시더라고. 내가 그렇게 못됐어. 적당히 여자들 비위 맞추고, 어머니 위신 세워 드릴 생각이 애초에 없었다니까.

알아들으시라고 한 말도 아니지만 역시나 내 말의 의미를 못 알아들으시곤 기분만 상하셨던 건데, 그럴 줄 알면서 그런 말을 한 나도 참……. 어머니뿐 아니라 그 자리에 있던 여자들 중에 젊은 여자고 늙은 여자고 간에 내 말을 이해한 사람은 아무도 없었어. 나는 말이지, 그런 아무짝에도 쓸모없는 공해 같은 여자들의 수다에 끼고 싶지 않았던 거야. 나는 내가 읽은 책이나 나의 그림에 대해 대화를 나누고 싶었어. 물론 나도 세상 돌아가는 것에 대해 그 여자들보다 더 아는 것도 없었지만 그래도 무의미한 수다 떨기는 그때도, 나이 들어서도 싫었으니까.

내가 말한 대로 집안에만 갇혀 지내는 것이 여자의 숙명이라 해서 자기 세계를 가지지 못할 건 없잖아. 길쌈이나 자수 놓는 것 말고 말이야. 나처럼 그림을 그리고 지금 인선처럼 글을 쓰지 않더라도 말이야. 인선은 내 말을 충분히 이해할 거야. 그런 자의식이 전혀 없는 사람들 속에서 내가 선택할 수 있는 유일한 길은 침묵하는 것밖엔 없었다는 걸.

대부분 여자들은 그저 누가 값비싼 옷을 입었나, 고급스러운 장

신구를 했나, 화려한 노리개나 주머니를 차고 있나에만 관심이 있었어. 지금 인선의 시대에 누가 명품 옷을 입고 명품 가방을 들었는지, 노상 명품 타령을 하는 것처럼. 요즘은 또 어딜 가서 뭘 먹었네 하는 맛집 순례까지 가세했다면서?

예나 지금이나 여자들은, 특히 결혼한 여자들은 그저 어떡하면 남편한테, 시집 식구들한테 사랑받고 인정받을 수 있을까만 생각하느라 도무지 자기 인생은 없는 것 같아. 언제나 누군가의 나, 대상으로서의 나만 존재할 뿐, 주체적인 나는 도대체 어디에다 잃어버렸는지…….

그래서 나는 늘 섬에 혼자 외로이 떠 있는 느낌이었어. 결혼 전에는 교양과 지성과 성실과 근면을 겸비한 동지 같은 어머니가 계셨고, 같은 어머니를 둔 동기간의 유대와 정서가 있었거든. 근데 시집을 오니 심리적으로 누구와도 통하지 못하고 고립되고 만 거야. 시어머니는 생활고에 짓눌려 그저 눈앞의 현실에만 급급해서 먹고사는 것 외에는 다른 관심을 가질 여력도 없고, 집안이 초라하다 보니 들락거리는 친척이나 지인들의 수준도 빤했지. 그럴수록 물질적 넉넉함과 문화와 예술을 아끼는 정신적 풍요함을 거의 공기처럼 거느리고 살았던 친정이 그리웠어. 나는 큰딸 매창이 외에는 대화 상대가 거의 없었어. 딸하고 엄마는 친구가 된다잖아. 나도 마찬가지였어. 다만 우리 모녀의 대화는 여느 가정과는 사뭇 달랐지. 매창과 나는 학문과 예술, 덕과 예를 논했으니까.

지금 생각하면 난 왜 그렇게까지 나를 억누르고 나의 끼를 드러내는 걸 두려워했을까 싶어. 그러지 않은 것 같다고? 아니야. 그건 표면적으로 드러난 나의 모습일 뿐, 난 여전히 가부장적 억압의 굴레를 쓰고 살아야 했어. 사람은 누구나 시대적 제약을 완전히 벗어날 수가 없는 법이잖아. 내가 당당하고 의연해 보였다면 그건 마치 우아한 백조의 몸통 부분이었을 뿐이야. 미친 듯 물을 저어야 하는 물갈퀴를 감추고 있는.

나는 늘 긴장해 있었어. 왜냐하면 그림을 그리고 글씨를 쓰고 시를 짓는 일은 남자들이 할 일이지, 여자는 해선 안 될 일일뿐더러 만약 살림을 등한시하고 그런 '짓거리'를 할 때는 죄악에 해당한다는 남존여비적 사회 분위기가 한창 팽배해 있었거든. 여자는 기껏해야 책 제목 정도만 알아서 그런 책이 있다더라 할 정도면 충분하고, 만약 여자가 당대의 정치나 독서 토론에 끼인다거나 했다간 경을 치게 되는 거지. 자수 외에는 여자들이 보낼 수 있는 여가 문화란 아예 허용되지 않았을 때니까. 그럴 시간 있으면 길쌈을 매야 하는데, 나는 대신 과감히 붓을 들었던 것이니 어찌 마음이 편하기만 했겠어?

칠 남매 건사하고 살아야 하는 것까진 내 책임이자 운명으로 받아들이겠는데, 왜 무능하기 짝이 없는데다 인격도 비루하고 도무지 자존감이라고는 없는 남편과 헤어질 생각을 못했을까. 물론 그것도 지금 생각이지. 이혼은 꿈도 못 꿀 시대였으니까. 이혼이 어디 당사자만의 일인가? 집안에 먹칠을 해도 유분수지, 할 수 있었다 해도 내가 과연 용기를 낼 수 있었을까는 역시 미지수야. 하지만 내 인생은 어디까지나 나의 것이고, 나의 행복은 내가 책임져야 한다는 생각엔 변함이 없었을 테니 거기서 뭔가 답을 얻지 않았을까 싶긴 해. 그러나 한 가지 나 스스로 속일 수 없었던 것은 사랑받고 칭찬받고 싶은 갈망이 지나치게 컸다는 거지.

난 습관적으로 내가 하고 싶은 것보다 남이 나에게 요구하는 것을 먼저 생각했어. 내 이름 인선(仁善)의 의미대로 착하고 어질게 살기 위해 어릴 적부터 노력을 했던 거였어. 부모님은 물론이고 조부모님의 기대까지 한 몸에 받고 있었으니까. '인선이 네가 아들이었으면…….' 내가 대견하고 기특한 일을 했다 싶으면 말끝엔 언제나 아들타령이셨지. 아들로 태어나지 못한 것이 내 죄처럼 여겨질 정도였다니까.

이제 진짜 어릴 적 이야기를 해 보자고. 어쨌거나 나는 출발부터 운이 좋았지. 부모님을 잘 만난 거야. 잘 만난 정도가 아니라, 시대적으로 본다면 아주 특별하게 보호받는 환경이었지. 게다가 외할아버지는 또 얼마나 지극정성이셨는지 우리 자매들 글공부는 그 어른이 다 맡아 시켜 주셨어. 나는 그래서 다른 집 여자애들도 다 그렇게 집에서 공부를 하는 줄 알 정도였다니까. 그 영향으로 내가 아이들을 키울 때도 아들딸을 차별해서 대한다든가, 아들을 편애한다든가 하는 개념조차 없었던 것 같아.

또 말하지만, 우리 집은 딸만 다섯이었거든. 그중에서 나는 둘째 딸. 흔히 둘째 딸은 존재감 없는 천덕꾸러기가 되기 쉽다고 하지만, 둘째 딸도 둘째딸 나름이지. 나는 다섯 자매 중에서 가장 촉망받고 사랑받는 딸이었어. 재주 많게 태어난 것도 운이 좋았지만 딸 형제만 있었던 것도 내겐 행운이었어. 만약 남동생이나 오빠가 있었다고 해 봐. 당연히 부모님의 관심과 기대가 남자형제에게 쏠리지 않았겠어? 더구나 어머니는 무남독녀였으니 외할아버지, 외할머니의 사랑을 독차지하는 이면에 아들 몫까지 해야 한다는 부담도 엄청 크셨을 것 아냐. 당신 자신이 아들로 태어났더라면 하는 마음은 또 왜 없었겠어? 죄인 같은 마음도 더러 드셨을 텐데, 어머니 당신조차 줄줄이 딸만 낳으셨으니……. 그런 어머니에게 만약 아들이 생겼다면 당장 편애를 하지 않으셨을까? 그러니 내가 운이 좋았다는 거지.

아버지는 어머니보다도 더 아들을 원하셨을 테지. 아들 없는 집에 장가들어 사위도 자식이라고 평생 장인 장모 돌보는 일에서 벗어나질 못하셨으니, 아들 하나만 있었어도 기운이 나셨을 텐데……. 그렇다고 아버지가 직접 두 분을 모셨던 건 아니고, 아버지는 주로 한양에 계셨고 어머니가 평생 모셨지. 요즘 말로 하면 주말 부부도 못 되고 봄, 가을로 한 번 씩, 그렇게 일 년에 두 차례 정도 평생 한양과 강릉 그 먼 길을 고달프게 왕복하셨던 거야. 그 때까지만 해도 딸도 제 부모를 모시는 관습이 자연스러울 때였지만, 어쨌거나 아버지로선 어머니께 크게 양보를 하신 거였지.

그러다 보니 외가 식구들은 우리 자매들의 공부나 인품에 신경을 더 쓰셨을 거야. 외할아버지, 외할머니로선 출가한 딸을 끼고 사는 입장이니 아이들 건사만큼은 딱 부러지게 해야 부부 별거의 면목이 설 거라고 여기셨을 것 같아.

아버지가 참 이해심 많은 분이셨지. 아버지가 당신의 행복을 포기하고 처가를 배려하신 건데, 그러고 보니 내 남편도 아들 형제 없는 아내를 배려해서 나하고 별거 아닌 별거 생활을 했다고 해야 하나? 그 부분에선 남편이 고마워. 말없이 따라 줬으니까. 보통 남자 같으면 어디 그러라고 하겠어? 더구나 자기 어머니도 평생 혼자 사신 분인데 며느리를 봤으니 당연히 모시고 봉양해야 한다고 여겼을 마당에 생각지도 않은 일이 생긴 거잖아. 남편 입장에선 어머니한테 얼마나 죄송하고, 구차하게 설명 드리자니 얼마나 난처했겠어? 그러고 보니 아버지와 남편이 서로 닮은꼴 인생을 사셨네. 장인과 사위의 팔자가 같구먼.

아버지도 젊은 시절, 꼭 우리 남편처럼 처가살이를 제안받으셨던 거지. 다만 그때는 어머니가 직접 아버지께 애원을 하셨대. 제발 우리 부모님을 내가 모시게 해 달라고. 당신은 한양에서, 나는 강릉에서 이렇게 떨어져 지내며 각자 부모님 모시자고. 아버지는 매우 황당하셨을 거야. 그렇다고 남자 체면에 안 된다고 할 수는 없고, 얼결에 그렇게 하자고 하신 것이 그만 16년이나 계속될지는 아버지도 그때는 짐작 못하셨을 것 같아. 그래서 그랬을까, 어머니는 늘 아버지께 죄책감과 부채감이 있었던 것 같아. 시부모를 모시지 않는 며느리의 죄의식 같은 것. 그러고 보니 나하고 어머니도 닮은꼴이네.

내가 시집가기 전의 일이야. 외할머니 부음을 받고 한달음에 강릉으로 내려오시다가 너무 무리를 하셨는지 그만 아버지가 중병에 걸려 자리에 누우셨지. 그때 우리 어머니가 어떻게 하신 줄 알아? 놀라지 마. 손가락 한 마디를 잘라 내셨어. 아버지 건강을 회복시켜 달라고 하늘에 치성을 드렸던 거지. 그렇게까지 하면서 아버지에 대한 죄책감을 덜고 싶었을지도 몰라. 그 정성이 하늘에 닿았는지 아버지는 기적처럼 병상을 털고 일어나셨어. 그때 만약 아버지한테 무슨 일이 생겼대 봐. 가뜩이나 처가 때문에 평생 자신의 행복을 포기하고 사셨는데 또 처가 일로 변을 당하게 된다면, 어머니는 어디서 그 죄의식을 털 수 있었겠어?

무슨 얘기하다가 여기까지 왔지? 어쨌거나 남편의 성정이 모질지 못하고 자기주장이 없다 보니 고집을 피우지 못하고 장인, 그러니까 우리 친정아버지 말에 고분고분 따랐던 것 같아. 그것 또한 평소 무른 남편이라 가능한 것이었으니까, 그런 결정 내릴 때는 좋았지만 의지박약하게 사는 것은 보기 싫었던 거지. 물 좋고 정자 좋기는 어렵다는 말이 남편의 경우에도 해당되려나? 너무 나 중심적으로 말했나?

가진 것 없고, 이렇다 할 직장 없다고 누구나 처가의 요구 조건을 순순히 들어주는 건 아니잖아. 오히려 자격지심에 더 고집을 부릴 수도 있었을 텐데 우리 집 양반, 그러고 보면 괜찮은 구석도 많았어. 순하고 선한 사람이었는데 나도 그 사람도 각자 다른 사람 만났더라면 서로 행복하게 살았을 텐데……. 지금 돌아보면 후회되는 면이 많지. 재주 많은 마누라 만나서 기 못 펴고, 남편 대접도 못 받고, 자기 인생 제대로 살아보지도 못하고……. 그 사람도 하고 싶은 일이 있었을 텐데 결혼 생활이 꼬이면서 허송세월을 하고 만 거야.

내가 또 이런다. 잘 나가다 삼천포라더니 또 곁길로 빠졌네. 어린 시절, 나는 딸만 다섯인 집의 둘째인데도 부모님의 귀여움을 듬뿍 받고 자랐다는 말을 한다는 것이 그만. 다시 어릴 적 얘기로 돌아가서, 나뿐 아니라 우리 다섯 자매 모두 고루 사랑을 받았지.

외할아버지 할머니의 사랑도 얼마나 각별했는지. 난 어릴 때 외할아버지 밑에서 글을 배웠어. 잘 알다시피 여자들은 글을 배우는 시대가 아니었지만, 우리 자매들이 모두 글공부를 할 수 있었던 것은 순전히 외할아버지 덕분이었지. 외할아버지도 아버지처럼 큰 벼슬길에 나가질 않으셨으니 주변에 번다하게 친구 분들이나 지인들이 많지 않으셔서 그저 손녀들하고 소일하는 걸로 낙을 삼으셨던 분이지. 이래저래 나만 운이 좋았네. 출세에 대한 큰 야망이 없으셨던 아버지와 외할아버지 덕에 귀여움과 관심을 독점적으로 받고 컸으니.

부모님이 깨이신 분들이기도 했지만, 아들이 없다 보니 오히려 공평한 대우를 받을 수 있었다고 말했잖아. 그렇다 해도 두 분이라고 해서 아들 없음에 초연했을 리가 없지. '인선이 네가 아들이었으면…….' 무슨 입버릇처럼, 탄식처럼 두 분의 입에서 그 말이 흘러나왔으니까. 더구나 내 재능이 두 분 눈에 점점 띄기 시작하고 공부도 점점 깊어지고 인품이 다듬어져 갈수록 그 말이 더 잦아졌으니, 두 분의 아들 기대도 여느 사람 못지않았다고 봐야겠지. 그런데도 우리 아버지는 내가 있기 때문에 어디 가서 아들 낳아 올 생각은 안 하셨다 하더라고. 아들 키우는 재미보다 더 큰 재미를 나한테서 느끼셨던 모양이야.

그런 부모님이 내게 아들 역할을 해 달라고 하신 것 중에 가장 현실적인 것이 당신들 돌아가신 후 제사를 지내 달라는 것이었지.

그러다 아버지는 몇 달 후 허망하게 돌아가시고 어머니는 나를 먼저 보내셨으니 내 제사는 못 받으셨고, 결국 우리 율곡이 두 분 제사를 지내 드리게 돼. 율곡이 그 조건으로 서울에 있는 집을 한 채 받기도 했고.

재산 물려주셨다 얘기하니까 말인데, 우리 친정은 외조부모님, 부모님들 모두 인성이 바르고 예술적 취향이 깊고 열린 분들인데다 재산도 꽤 많았어. 노비가 재산인 시대에 집에 부리는 사람이 백 명이 넘었고 토지도 꽤 돼서 여럿 딸린 가족들 먹고사는 데는 아무 어려움이 없었지. 그러면서도 우리 집은 검박하고 살뜰한 가정이었어. 뭐든 아껴 쓰고 주변의 어려운 사람들 보살피며 그렇게 두루 인정을 베풀었지. 내 남편이 평생 변변한 직장이 없었어도 빠듯하게나마 일곱 애들을 키울 수 있었던 건 친정에서 끊임없이 흘러드는 도움 덕이었어.

여하튼 나는 경제적으로 유복한 집 딸로 태어나 여자라고 차별대우도 안 받고, 좋은 부모 만나 정서적 지원과 남자들만 받는 교육도 충분히 받는 복된 유년기를 보냈던 거야. 시대적 · 개인적으로 드물게 운이 좋았지. 내가 결혼 후 여러 가지 어려움을 겪으면서도 고난을 뚫고 나갔던 데에는 성장기의 윤택함이 밑거름으로 단단히 다져져 있었기 때문이라고 믿어."

"그런데 뭐가 문제였다는 건가요? 아까 하신 말씀 중에 사랑받고 칭찬받고 싶었다고 하셨는데, 이미 충분히 그렇게 사시지 않았나요?"

인선이 어느새 사임당을 편하게 대하고 있었다.

"사임당께서는 좋은 부모, 특히 딸에 대한 서운함을 적어도 밖으로 내색하지 않으시고 자식에 대한 신뢰가 매우 깊은 부모님을 두셨습니다. 자신감 있게 세상을 살아가는 딸들에게는 어릴 적 자신을 공주로 키워 준 아버지가 있다고 들었습니다. 사임당님, 저는 아버지가 계시지 않았습니다. 아니, 계셨으나 안 계셨습니다. 무슨 말이냐고요? 저희 아버지는 나랏일에 관심이 깊었고, 그 결과 국가보안법을 위반한 죄로 무기징역을 사셨던 것이죠. 사임당님 시절로 치자면 역적으로 몰려 다시는 돌아오지 못할 먼먼 귀양길을 떠난 것입니다. 그때 저는 다섯 살이었지요. 저는 4남매의 막내였어요. 위로 언니가 둘, 오빠가 하나 있었지요.

제가 다섯 살 무렵에 감옥에 가셨지만 그렇다고 그 전이라고 무슨 귀여움이나 관심을 받았겠어요? 어머니 말씀으로는 아버지는 청년 시절부터 부조리한 사회를 바꾸고 새 세상을 만들 의지를 갖고 계셨대요. 그러니 늘 집 밖에 계셨던 거지요. 지금도 이따금 그런 의문이 들어요. 아버지한테 결혼과 처자식의 의미는 무엇이었는지……. 사임당님은 듬직한 아버지와 자상한 어머니 밑에서 다섯 딸 중에서 가장 사랑받고 게다가 집안의 기대를 한 몸에 받으면서 성장하신 분이잖아요. 태생이 공주였던 거지요. 하지만 저는 무수리로 컸어요. 사임당님과 저는 인생의 출발선부터 달랐던 거예요. 이러고도 사임당님의 인생이 저하고 닮았다고 생각하시나요? 저는 사임당께 놀림감이 된 것 같아 속을 터놓자는 말에 배신감마저 듭니다."

인선은 단숨에 자신의 유년기를 쏟아놓았다. 배가 벌어진 낡은 인형처럼 구석에 팽개쳐진 느낌으로 보냈던 어린 시절. 장사를 나간 어머니는 밤이 늦어서야 돌아오셨고 언니 오빠들은 학교로, 아르바이트로 바삐 돌아치느라 막내 인선은 집보개였을 뿐이었다. 다섯 식구는 저마다 살기 바빴고 저마다 상처를 안고 있었다. 누가 누구를 돌아보고 살필 여유가 없었다. 각자 자기 생을 꾸려 가는 것이 곧 서로 돕는 것이었다.

그러나 인선은 언니 오빠들처럼 상처 나마 안고 살아가기에도 너무 어린 나이였다. 어머니는 불평 한마디, 신세타령 한 번 하는 법 없이 그저 일터에서 묵묵히 돈을 벌어 오셨지만 생활비는 언제나 모자랐고, 인선은 식구 중에서 자신이 없어진다면 어머니가 딱 고만큼은 편해지지 않을까 하는 생각을 그 무렵 자주 하곤 했다. 그런 소견이 가능했던 것은 어린 인선으로서도 근거가 없지 않았다. 위로 큰언니, 그리고 오빠, 그다음 작은언니, 그 다음은 아들이 태어나야 옳은 순서였다. 그럼에도 그만 딸이 태어나는 바람에 자신으로 인해 가족의 남녀 성비가 맞지 않게 되었다는, 그것이 자신의 실수인 것만 같고 실수치고는 큰 실수로 여겨졌던 것이다.

그러나 그건 머릿속 일일 뿐, 채워지지 않는 정서적 허기는 언제나 인선을 공허함과 불안 속에 떠돌게 했다. 세월이 흐르면서 상처는 더 이상 활동성을 발휘하지 못한 채 인선의 내면으로 스며들어 시나브로 인선의 삶을 잠식했고, 지금 인선은 50대 중반의 이혼녀가 되었다.

"인선 씨와 내가 닮은꼴이라고 한 것은 그런 의미만은 아니었어. 그보다는 우리 둘은 어떤 환경, 어떤 상황에서도 자기 자신을 잃지 않았다는 점을 말하고 싶었어. 넘어질 때마다 일어났다는 거 말이야. 인선 씨, 나도 인정해. 내 가정환경은 인선 씨에 비해 월등히 좋았다는 걸. 부모님의 물질적 · 정신적 배경이 든든했고 자상하고 사려 깊은 아버지라는 울타리가 외부의 충격을 흡수하며 우리 자매들을 지켜 줬지.

우리 아버지는 인선 씨 아버지와는 반대로 그 혼란스러웠던 연산군 때 벼슬자리에 계시지 않았지. 늦게 과거에 급제하시기도 했지만, 어쨌거나 정치판에서 과감히 떠난다는 건 남자로서 쉽지 않은 결정이었을 거야. 그 시대는 양반이라면 정말 벼슬에 목숨 걸던 때였으니까. 가족들을 넉넉히 먹일 재산이 있다고 해서 명예까지 있었던 시절은 아니었으니까. 오히려 돈보다 명예를 더 중시여기던 때에 당신은 출셋길을 버리고 가정을 택하신 분이었지. 하지만 한편으론 아버지 의중을 정확히는 모르겠어. 거기다 우리 집은 아들이 없었잖아.

내가 아무리 잘난 딸이라 해도 시집가면 남의 집사람 되는 건데, 아버지는 그런 딸들에게 온 사랑을 쏟아부으셨지. 지금 생각하면 아버지는 많이 쓸쓸한 분이셨던 것 같아. 외롭고 고독하셨을 것 같아. 남자로서 출세도, 가정도 당신에게는 잡히지 않는 희미한 안개 같지 않았을까?

어머니는 병아리 거느린 암탉처럼 언제나 자식들의 중심에서 당신의 자리를 확고히 마련하고 계셨지만, 아버지는 겨우 1년에 두어 번, 그것도 한 열흘 정도 손님처럼 묵었다 가셨어. 아무리 익숙하다 해도 어쨌든 장인 장모 계시는 엄연한 처가잖아. 마음 편하게 지내시지는 못했을 것 같아. 아버지는 어쩌면 아주 처가살이는 하고 싶지 않으셨을지 몰라. 그래서 한양에서 따로 사셨지 싶어. 반드시 집을 떠나 계셔야 할 이유가 없었거든.

그런 아버지가 한양에서 강릉 집에 다니러 오실 때마다 나를 위해 화선지와 붓, 물감 등을 사다 주셨지. 나는 거의 환희에 가깝게 기쁘고 황홀했어. 종이가 흔하지 않을 때여서 그림을 그릴 때도 일단 마당 흙이나 기와에다 몇 번이나 밑그림을 연습해 보고 실수하지 않겠다 싶을 때 비로소 종이에 옮겨 그리곤 했는데, 그때의 긴장감이라니! 하지만 아버지는 그림 도구는 얼마든지 사다 줄 테니 마음껏 그림을 그리라고 날 격려하셨어.

나는 예민하고 섬세하고 명민했어. 부모님의 기대와 애정이 나에게 쏠리고 있다는 것은 감사한 일임과 동시에 부담이라는 걸 어린 나이에도 느낄 만큼. 그 기대란 구체적으로 뭐였겠어? 아들 노릇해야 하는 딸 아니었겠어? 사임당이라는 당호도 내가 손수 짓긴 했지만, 깊은 내면에는 다음 대에라도 아들을 낳아 부모님 은혜를 갚아야 한다는 심리가 작용했던 것 같아. 물론 내가 낳는 아들은 다른 집안의 대를 잇는 존재이지만, 그래도 어린 마음에 막연히 그런 생각이 들었지. 내가 결혼 후 남편이 없는 가정을 혼자 씩씩하게 살 꾸려 갔던 것도 남자 역할을 해야 한다는 내면 심리가 작용한 것이 아니었을까?

지금 생각하면 그런 애어른이 어디 있어? 언니나 동생들은 부모님의 사랑을 거의 독차지하는 나를 속으로는 시기하고 질투했을지 모르지만, 나는 언니가 부러울 때도 있었고 동생들이 부러울 때도 있었어. 언니는 나하고 겨우 두 살 차이밖에 안 났지만 나는 맏딸이 아니면서 맏딸 노릇을 해야 했으니, 언니는 상대적으로 자유로울 수 있었고 동생들도 나보다는 훨씬 마음의 짐이 덜했을 거야.

물론 결과적으로는 내가 누린 것이 가장 많지만 어른들의 기대에 맞춰 사느라 너무 조숙해서 나이에 맞게 살지를 못했던 거야. 어리광을 부려 본 적도, 사춘기 투정을 해 본 적도 없이. 역할에 맞춰 사느라 겉은 여자였지만 속은 남자였어."

천성보다 역할에 충실했다는 사임당의 고백. 인선은 인선대로 어릴 적을 떠올려 본다. 이혼 후 새롭게 만들어진 습관이기도 했다. 이혼은 남편이 아닌 자신이 원했지만, 부부의 일이 한쪽에서만 원한다고 성사되는 경우가 있던가. 더구나 이혼이란 건 할 만한 상황이 되어 하게 되는 거지, 둘 중 하나가 일방적으로 선언하거나 요구한다고 성립될 일은 아니지 않는가.

그럼에도 어떤 원형을 자신이 손상시킨 것 같은, 가령 자의식이 막 싹트기 시작한 다섯 살 꼬마가 완벽한 데커레이션케이크를 실수로 찌그러뜨렸을 때의 느낌과 닮았다고 할, 그런 어떤 원초적 죄의식이 미열처럼 몸과 마음을 순환했다.

호주에 살 때, 둘째 아들이 대여섯 살이던 무렵, 집에서 기르던 토끼가 아이의 발에 차여 죽었다. 토끼를 거실에서 데리고 놀다가 일어난 사고였다. 목화 솜덩이 같이 보송보송 눈부셨던 토끼가 한순간에 죽어 버리자, 아들은 자기가 토끼를 죽였다고 기함을 하면서 절규했다. 가정을 깨 버린 인선의 지금 마음이 그때의 어린 아들의 마음과 유사하지 않을까. 그러니까 내가 저지른 일은 맞는데, 분명히 내가 한 일인데도, 내 쪽에서 오히려 억울한, 그러면서도 전적으로 내 책임인 것 같아 두렵고 아픈…….

남편과의 관계는 이미 회복할 수 없는 지경으로 치닫고 있었다. 다만 탈선의 위기를 인선은 감지했고 남편은 그렇지 못했다는 차이가 있었을 뿐. 부부상담 등 전문가의 도움을 여러 차례 받아보길 원했지만 인선이 절박하게 매달릴수록 남편은 무시하는 태도로 일관했다. 세상에 완벽한 부부가 어딨냐고, 겉보기에는 좋아보여도 속은 다 마찬가지라고, 당신만 좀 참아주면 우리 가정엔 아무 문제가 없다는 말로 갈등을 회피하곤 했다.

어디서부터 꼬였을까, 이혼을 생각하고, 이혼을 앞두고, 이혼을 마무리한 후 지속적으로 이 문제를 점검하느라 인선의 머릿속은 혼란스러웠다. 사임당은 인선이 아들로부터 이혼 확정 통보를 받은 그 밤에 찾아왔다. 이혼은 관계의 죽음이라는 점에서 도대체 어떻게 관계를 맺어 왔기에 그 관계가 결국 죽음에 이르게 되었는지, 산다는 것은 결국 관계 맺기의 연속이라는 점에서 가장 중요한 결혼 관계의 실패 앞에 인선은 도대체 어디서부터 어그러지기 시작했는지 머릿속을 헤집게 되는 것이었다. 자기 삶을 본격적으로 돌아보게 된 계기는 그렇게 시작되었다. 기억되는 어린 시절의 어느 한 지점에 자신을 다시 세우고 지금까지 걸어온 길을 되짚어 보고 싶었던 것이다.

500년 전에 살았던, 자신과 이름이 같은 신사임당, 48세에 생을 마감했지만 지금의 자신과 크게 차이 나지 않는 중년 여성. 자신은 이혼으로, 사임당은 죽음으로 자식들 곁을 떠났고 언뜻 생각해도 둘 다 남편을 잘 만나지 못했다. 그러나 인선이 생각하기에 사임당은 부모 복이 있었고 자신은 그렇지 못했다.

아니, 그런 것은 별로 중요하지 않다. 무엇보다 두 사람은 자기 세계가 뚜렷하다. 사임당은 그림으로, 인선은 글로. 가정을 꾸려가면서 동시에 자기 세계를 가진 여성이라는 공통점만으로도 두 사람은 충분히 소통할 수 있을 것 같았다.

"그래, 나도 그랬어. 사임당, 너는 부모들의 기대를 저버릴까 봐 착한 딸이 되어야 했지만 나는 거꾸로 어떻게든 그 기대를 받아보겠다고, 사랑과 관심을 끌어와 보겠다고 힘겨운 줄다리기를 했던 거야. 나는 너하고는 반대로 집안에서 가장 존재감 없는 막내였거든. 그런데도 나는 유독 원하는 것, 하고 싶은 것이 많았어. 그런데 우리 집은 너무 가난했어. 아버지가 무기징역살이를 시작한 이후부터 엄마가 4남매를 혼자 키우셔야 했으니까. 우리는 그저 굶지 않고 빠듯이 학교나 다닐 수 있는 형편이었어.

나는 서서히 깨닫게 되었어. 무언가를 가지고 싶어 하거나, 하고 싫어 하거나, 먹고 싶어 하는 것은 나쁜 것이라는 걸. 너는 오히려 칭찬을 받았을 테지. 뭐든 해 보려는 의욕과 활기가 넘친다고.

하지만 생각해 봐. 어떤 아이가 뭔가를 두 개 가지고 싶은데 부모가 능력이 없어서 하나밖에 못해 준다면 하나를 더 원했다는 이유로 그 아이는 욕심쟁이일까? 만약 부모가 열 개를 해 줄 수 있는 능력이 있다면 '너는 기껏 두 개밖에 원하지 않는 거니? 좀 더 적극적으로 살 순 없어?'하고 부모님이 실망하실지 몰라. 그런데도 나는 언제나 욕심꾸러기, 자기밖에 모르는 이기적인 아이로 낙인이 찍혀 버렸지. 차라리 아무것도 요구하지 않고 아무것도 바라지 않았어야 했던 거야.

네가 자상한 아버지로부터 철철이 그림도구를 선물 받을 때, 나는 집 안에 굴러다니는 동화책 한 권이 고작이었어. 책은 장화홍련 이야기였던 것으로 기억해. 지평선처럼 아래위를 6대 4 정도로 분할하고 아래에는 짙은 녹색, 위는 흰색으로 칠한 아주 단순한 바탕에 다른 그림은 없이 제목만 적혀 있었던 책이야. 한국전래동화전집 가운데 한 권이었지 싶은데, 전집은 고사하고 어쩌다 그 한 권이 우리 집에 굴러다녔던 거지. 그나마도 바로 위의 언니와 내가 번갈아 가면서 하도 펼쳐 봐서 표지가 누더기처럼 너덜너덜해졌어. 말이 녹색이고 흰색이지 때 타고 바랬으니 제 색이 남아 있을 리 없었지. 그때는 지금처럼 도서관이 여기저기 있어서 빌려

다 볼 수 있는 형편도 아니었으니까.

나는 늘 정서적 허기, 사랑 고픔에 허덕이는데도 엄마도, 언니도, 오빠도 집안 식구 누구도 내게 관심을 두지 않았어. 다만 징징거리며 늘 뭔가를 요구하는 귀찮은 존재, 그게 나였던 거야."

"그랬구나, 인선아. 그런 결핍감 속에서 자랐구나. 내가 미안해지네. 하지만 내 이야길 좀 더 들려주고 싶어. 우리 아버지는 말이지, 한양에서 강릉 집에 몇 달 만에 오시곤 할 때도 나를 위해서 그림도구들을 사다 주셨다고 했잖아. 내가 처음 그림물감을 받아본 것이 일곱 살 때였거든. 그뿐만 아니라 안견 그림의 복사본도 구해다 주셨어. 인선도 알다시피 안견은 세종에서 세조 때까지 활동한 화가잖아. 몽유도원도로 잘 알려져 있는. 그때가 일곱 살이었던 것 같은데, 아버지가 나의 그림 재능을 키워 주시려고 당시 유행하던 안견의 그림을 구해 오셨다 생각하면 지금도 가슴이 뭉클해. 여자들은 그림을 그려서는 안 되는 때였거든. 그림을 그리고 시를 쓰는 것은 오직 남자들의 일이었지.

훗날 나는 안견과 나란히 천재 화가로 평이 나게 되는데, 어릴 적 내가 안견의 그림을 구경도 못했다면 그런 평가를 어떻게 들을 수 있었겠어? 내가 아무리 재주가 뛰어났대도 말이지. 아버지 말씀으로는 당시 화가들은 안견 따라 하기에 열을 올렸다고 하지만,

나는 안견의 그림을 보고 그대로 베끼진 않았지. 나는 내 마음을 표현하는 그림을 그리고 싶었지, 안견의 마음을 내 화폭에 옮기려고 노력하진 않았어.

아흔아홉 고갯길을 대굴대굴 구르다시피 넘어야 한다고 해서 대굴령이라고도 불렀던 대관령 길을 한양 천 리로부터, 걸으면 열흘, 나귀를 탄데도 5, 6일이 걸리는 그 길을 10년 넘게 왕복하시면서 아버지는 봇짐에 내 화구를 먼저 챙겨 넣으셨던 거야. 감사하지, 너무나 감사하지. 하지만 아버지는 16년간이나 그 고개를 넘으며 무슨 생각을 하셨을까?

강릉 사람으로 태어나 대관령을 한 번도 넘지 않았다면 그보다 더 복된 인생이 없다는 말이 있을 정도로, 어쩌면 매번 생사를 걸어야 했을 그 험준한 고개를 일생은커녕 일 년에도 몇 차례씩 넘으시면서 말이야. 당신의 팔자 고단함을 탓했을까, 아니면 재 너머 가족들의 함박웃음을 떠올렸을까? 나의 과대 망상적 착각인지는 몰라도 아마도 아버지는 둘째 딸, 나를 만날 기대로 매번 부풀지 않았을까 싶기도 해. 물론 어머니가 가장 보고 싶으셨을 테지만. 그냥 나의 느낌이 그렇다는 거야. 이건 그냥 자랑으로 하는 말만은 아니야.

어느 해 가을, 대관령을 넘으실 때 무언가에 홀린 적이 있으셨대. 처음에는 헛것을 봤나 싶었지만 앞서 가는 무언가가 당신을 자꾸 따라오라고 하더라는 거지. 아버지 기억에 여우같았다고 하셨지만 확신은 못하겠다 하셨어. 여우라고 치고, 아버지가 자신을 잘 따라오나 할금할금 뒤를 돌아보면서 자주 확인을 하더라는 거지. 어쩌면 여우는 아버지가 자신을 따라오는 것이 두려워서 뒤를 돌아본 건지도 몰라. 그렇게 정신없이 여우를 뒤쫓다 보니 어느새 길을 잃으신 거야. 여우는 어떻게 됐냐고? 믿을 수 없을 정도로 갑자기 눈앞에서 사라져 버렸대.

그 대신 그 자리에 흰 옷을 입은 여자가 홀연히 나타나더라는 거지. 창백한 얼굴에 눈빛만 또록한 젊은 여인이. 순간 기겁을 하셨다네. 정신없이 여우를 따라오다 급기야 길을 잃고 이제 둔갑한 여우에게 홀려 정신을 잃을 상황이 되었으니……. 공포의 서늘한 식은땀이 등줄기를 타고 내리는 데 여자가 입을 열더래. 보퉁이에 든 것이 무엇이냐고. 그걸 자기에게 줄 수 있냐고. 여자의 말에 아버지는 차라리 내 목숨을 요구하라고, 이것을 당신에게 주느니 내가 차라리 죽겠다고 하셨대. 그제야 여자가 정체를 드러내더래. 자신은 원래 꼬리 아홉 개 달린 여우라고 하면서. 그러니 어서 가진 것을 내놓으라고, 그러면 목숨만은 살려 주겠다고.

아버지는 내 그럴 줄 알았다고 대꾸하면서 그러기에 내 차라리 내 목숨을 주겠다고 하지 않았냐고. 여자가, 아니 구미호가 기가 막히다는 듯이 묻더래. 가지고 있는 것이 도대체 무엇이길래 그것을 지키기 위해 목숨까지 아깝지 않게 여기냐고. 아버지가 대답하셨대. 이것은 내 딸이 사용할 그림물감과 종이와 붓이라고. 내게 이것은 목숨보다 더 소중하다고. 왜냐하면 딸의 재능을 살려 주고 무엇보다 딸이 기뻐하는 모습을 보는 것이 내게는 더없는 삶의 보람이자 의미이기 때문이라고 하시면서, 어차피 이리 되었으니 이것을 내 딸에게 전한 후에 그리고 다시 와서 너에게 내 목숨을 주겠다고. 그렇게 진지하게 약속하시는 걸 보고 구미호가 부정에 감동하여 아버지를 무사히 돌려보내 주었다고 하셨어. 잃어버린 길까지 앞장서서 안내하면서.

이야기가 뭔가 좀 엉성하다고? 맞아. 그건 아버지가 지어낸 이야기야. 당신이 나를 얼마나 사랑하는지 표현하기 위해서. 나는 그 이야기를 듣고 마냥 웃을 수만은 없었어. 웃기는커녕 무서운 생각이 들었어. 나에게 거는 아버지의 기대가 집요하다는 느낌이 들어서. 그 어린 마음에도 말이야. 그런 것들은 느낌으로 올 때 더 강렬하고 더 목을 옥죌 때도 있지. 내 말이 너무 심한 것 같다고? 당사자가 되어 보지 않으면 알 수 없는 감정이지. 뭐랄까, 나는 본래 성정이 다정다감한데다 감수성이 높아서 다른 사람의 필요에 지나치게 민감한 편이었어. 아버지가 내게 기대하는 것에 보답을 해야 한다는 강박관념이 나도 모르게 싹 트게 된 것도 내 성격 탓이었던 거지.

나는 그림 그리는 것을 정말 좋아했어. 어릴 적 내가 그린 꽃과 벌, 작은 벌레들은 얼마나 정겨웠는지. 나는 여자고, 어렸고, 시골에 살았으니까 바깥세상을 구경할 기회는 거의 없었지. 자연히 내 주변 것들이 그림의 소재가 되었고, 나는 작은 것들을 관찰하고 그것들과 마음으로 대화하고 그림으로 옮겼지. 내 그림이 얼마나 생생했으면 글쎄, 마당에 놓아 둔 닭들이 말리려고 내다 놓은 그림 속 풀벌레가 진짜인 줄 알고 쪼아대서 종이에 구멍이 뚫릴 뻔한 일도 있었다니까. 한번은 또 참새가 그림 속 벌레를 물고 날아가려고도 했고."

비슷한 연배의 중년 여성으로서 서로가 서로의 내면을 비추고 있는 두 인선. 그럼에도 두 사람의 어릴 적 모습은 겹치는 부분이 거의 없는 듯했다. 16세기 인선의 유년 시절은 거의 완벽했던 반면, 20세기 인선의 그것은 초라하고 빈곤하기 그지없었다.

20세기 인선으로서는 돌이킬 수 없는 과거의 상처만 덧건드려진 것 같아 쓸쓸하고 쓰라렸다. 닭의 벼슬처럼 선연한 빛깔의 자존심, 살짝 건드리기만 해도 지레 예민해지는 화농한 상처 부위와도 같은 자의식이 빳빳이 고개를 쳐들었다. 5백 년 전 인선이 지금의 인선처럼 황량한 가정에서 자랐다면 과연 조선의 천재 화가로, 율곡의 어머니로 역사에 이름을 남길 수 있었을까 하는 질투 섞인

의문과 함께.

"인선, 나로 인해 묵은 상처가 건드려졌다면 본의는 아니었지만 유감스럽고 미안해. 하지만 인선, 인생에서 정말 중요한 것은 나 자신을 잃지 않는 것이 아닐까? 어릴 적 채워지지 않은 결핍감을 인정하면서 이제는 스스로 그것을 채워 가는 것이 소중하지 않을까?

그것은 살면서 자기에게 일어난 어떤 일에 대해서도 남 탓을 하거나 외부에서 원인을 찾으려고 하지 않는 삶의 태도와도 같아. 원인과 채움을 바깥에서 찾을수록 내 내면은 깨진 거울 조각처럼 파편이 되어 흩어지게 돼. 그러면 내면 자체를 잃어버리게 되거든. 생각해 봐. 온전한 자신은 외부에 좌우되는 존재가 아니잖아? 그렇다고 견고한 껍질에 싸여있는 호두알 같은 것도 아니지. 진정한 자신은 생명의 근원과 연결된 탯줄을 통해 근원적 소통을 하면서 성장하는 거야. 그렇게 해서 사람은 차츰차츰 큰 그릇이 되는 거지. 큰 그릇의 사람은 그 그릇 안에 자기를 위한 것만을 담지 않아. 이웃과 세상 사람들이 함께 나눌 수 있는 분량을 담지. 광이 넉넉해지는 거야. 그 그릇 안에 어떤 것을 담든 간에 세상은 그로 인해 배부르고 환해지지.

나는 그 그릇 안에 나의 그림, 나의 예술을 담았어. 단언컨대 나는 내 그릇을 놔두고 율곡의 그릇에 내 소망과 바람을 담지 않았어. 나는 율곡의 어머니이기 이전에, 나 인선, 사임당임을 망각한 적이 없었어. 부모님의 자상하고 살뜰한 보살핌이 없었다 하더라도 나는 사임당으로 살아갔을 거야. 지금의 너처럼 말이야.

근데 인선아, 데릴사위 아닌 데릴사위였던 아버지와, 외할아버지 사이엔 늘 묘한 기류가 흘렀던 것 같아. 아버지는 큰 벼슬을 하신 분도 아니니 구태여 한양에서 사실 필요도 없었을 텐데 가족들과 떨어져 혼자 지내셨던 이유가 처가살이에서 오는 긴장과 고달픔을 피하고 싶었던 건 아닐까. 무남독녀인 아내를 둔 지아비로 딸과 함께 살고 싶어 하는 장인장모의 바람을 차마 외면하지는 못하고, 그렇다고 당신이 직접 모시는 것은 왠지 꺼려지고. 그러다 보니 외지 근무를 핑계 삼아 떠돌지 않으셨나 싶은 거지.

물론 아버지도 홀가분한 면이 왜 없으셨겠어? 처가살이하는 덕도 있었다는 뜻이지. 일단 장인장모가 활달하게 건재하시니 아내를 비롯해서 다섯 딸들을 안심하고 처가 울타리 안에 맡길 수 있었고, 거기다 아내는 자녀 교육 면에서나 살림살이 면에서 똑 부러지지, 경제적으로 넉넉하지, 이러니 가족들 처가에 내준 것 외에는 가장 노릇 하기가 얼마나 가벼웠겠느냔 말이야. 아버진 그저 본인 관리 잘하고 외로움과 허허로움만 견뎌 내면 되셨던 거야. 말하자면 아들 보겠다고 허튼 짓을 한다거나 술이나 노름 따위에만 빠지지 않으면 사는 굴레에서 거의 자유로우셨던 건데, 정말 딱 그렇게 살다 가셨어.

외가 어른들은 또 하나뿐인 딸을 혼인시켜 한양으로 훌쩍 떠나보내기가 얼마나 서운하고 생각만으로도 힘드셨겠어? 물론 당시는 조선 전기의 처가살이 풍습이 아직 남아 있던 때이기도 했지만 그래도 사위가 제 식구 다 데리고 가겠다면야 하는 수 없는 일인데다, 사위는 빼고 나머지 딸네 식구들만 데리고 사는 것은 그리 흔치 않았지. 그러니 장인장모를 모시기 위해 부부가 떨어져 지내기로 합의하기까지 갈등이 왜 없었겠어?

여하튼 아버지와 외할아버지는 두 분 다 점잖은 분들이시니 표면적으론 아무 문제없이 서로 고마워하며 잘 지냈는데, 하루는 이런 일이 있었어. 지금도 그 일이 안 잊히는 걸 보면 그때 두 분 사이에 흐르는 묘한 긴장 기류를 처음으로 파악한 계기가 아니었나 싶어. 어느 날 아버지가 강릉 집에 내려오셨을 땐데, 외할아버지의 무심한 말씀에 아버지가 좀 까칠하게 반응을 하신 거였어. 나는 그때 아버지가 외할아버지한테 쌓인 감정이 아주 없지는 않다는 걸 어렴풋이 느꼈어.

마침 아버지가 오신 그날, 외할아버지가 친구분하고 만나기로 약속이 되어 있었던 모양이야. 그런데 오랜만에 사위도 오고 했으니 가고 싶지 않으셨던 가 봐. 그래서 사위한테 내가 아파서 오늘 못 나간다고 쪽지 한 장을 써서 친구분에게 전해 달라고 하셨대.

그런데 아버지가 그렇게는 못하겠다 하신거야. 진짜 편찮으신 것도 아닌데 어떻게 거짓말을 하냐는 게 이유였어. 외할아버지가 얼마나 무안하셨겠어? 사위 앞에서 체면을 구기셨잖아. 그래도 거짓말은 거짓말이니까 할 말은 없으셨을 거야.

외할아버지가 평소 그런 허튼 면이 있는 분이 아닌데다 성격 깔끔하고 경우 바르기로 친다면 두 분이 맞장 뜰 정도였지만 그날은 사위가 한 수 위였지. 우리 아버지가 고지식한 면이 있긴 하지만 그렇다고 상황 못 가릴 분이 아닌데, 외할아버지께 평소 유감이 있어서 그런 반응이 불쑥 나오지 않았나 싶었던 거지. 물론 내 억측일 수도 있어. 외할아버지는 어쩌다가 그날 아버지 앞에서 그런 실수를 하셨을까? 하하.

여하튼 외할아버지, 외할머니, 아버지, 어머니 네 분 모두 올곧고 강직한 성품을 가지셨으니 그 성품이 우리 자매들한테도 유전됐고, 나는 특히 아버지보다 어머니 쪽에 더 가까웠던 것 같아. 어머니가 아버지보다는 좀 센 성격이었거든. 우리 아버지가 처가살이에다 밖에 나가 사셨듯이 내 남편도 처가살이 신세에 밖으로 돌아야 했던 걸 보면, 어머니하고 나는 남편 잡는 스타일이었을지 모르지. 그러니까 나는 어머니의 작품이고, 율곡은 나의 작품인 거지. 신사임당은 아버지 신명화로부터 성만 받았고, 이율곡 또한 아버지 이원수로부터 성만 받았다고 할까?

인선아, 내가 왜 이 말을 하느냐 하면, 나 역시 아버지가 부재했던 너의 상황과 별반 다르지 않았다는 것을 말하려는 거야. 천 리 먼 길에 계신 아버지가 화구를 사 들고 굽이굽이 고개를 넘어 어린 딸의 재능을 북돋우려 하신 점은 분명히 감사하지만, 함께 계시면서 직접 훈육하고 다사로운 부정을 나눠 주셨던 건 아니야. 나는 늘 혼자였어. 그러기에 꼬물꼬물 마당을 기어가는 벌레 한 마리를 친구인 양 관찰해서 화폭에다 옮겨 놓지 않았겠니?

물론 어린 시절, 너처럼 어머니가 일을 나가셔서 집에 안 계신 건 아니었지만 어머니는 자애로운 모습보다는 차갑고 엄한 편이셨어. 그래서 엄마 품에 안겨 응석을 부리거나 푸근하게 펼쳐진 치마폭 옆에서 천진하게 쉰 적도 없었던 것 같아. 어머니는 완벽주의 성향이 있는데다가 또 어쨌거나 다섯 자식을 데리고 남편 없이 친정살이를 하는 처지니 늘 긴장을 하고 사셨을 거야. 결혼하고 나면 친정 부모라도 전처럼 대해지지가 않는 법이잖아. 남편 그늘에서 남편 밥 얻어먹는 것보다 편할 리가 없지. 나도 경험해 보니, 친정에서 아무리 나를 살뜰히 보살펴 주셨어도 그 방석이 꽃방석만은 아니더란 말이지.

유년기 내내 아버지는 거의 안 계셨고 어머니는 엄격하셨어. 무심하고 방임되다시피 한 너의 조건과는 반대로, 나는 교육열 과잉인 어머니 밑에서 매사 완벽히 해야 한다는 강박감 속에서 성장했던 거야.

하지만 인정할게. 내가 자꾸 아니라 하면 마치 동정하는 것 같아서 네 기분이 더 상할 수도 있을 것 같아. 내 가정환경이 이렇게 좋지 않았다면 내가 어떻게 글을 깨치고 시를 짓고 글씨를 쓰고 그림을 그릴 수 있었겠니? 내 아무리 재능이 있어도 시대가 시대였으니 여자가 자기 재능을 드러낸다는 것은 주변 상황이 받쳐 주지 않고는 아예 불가능한 일이었잖아. 하지만 인선이 네가 사는 시대는 자신만 잘해도 어찌어찌 길을 찾고 길이 열리는 때잖아. 인선이 너의 지금 모습이 바로 그걸 증명하잖아. 그런 척박한 여건 속에서도 너는 지금 너의 길을 가고 있잖아. 나에게 좋은 환경은 나의 재능과 버금갈 필수적인 것이었다면, 너의 그것은 환경까지 뒷받침되었더라면 더 좋았을 거라는 선택 사항이 아니었을까? 내 말 틀린 거니?"

2부

고독

2

"아버지가 계신 듯 안 계신 듯한 외가에서 긴장된 행복을 누리던 유년 시절도 열아홉 살, 혼인과 함께 막을 내렸지. 정확히 말하자면 막을 내리는 것 같았지. 무슨 말이냐고? 벌써 말했지만, 결혼을 하고도 나는 거의 친정에서 살았으니까. 어디서 많이 듣던 소리라고? 맞아, 어머니처럼 나도 친정살이를 하게 되었다는 말이야. 딸의 운명은 엄마를 닮는다고 하더니, 생활 기반부터 엄마를 답습한 꼴이 되었어. 내 남편도 아버지와 닮은꼴이었다고 지난번에 말했고. 근데 돌아가신 아버지가 이 말을 들으신다면 펄쩍 뛰며 관 뚜껑을 뚫고 나오실걸? 하하.

'내가 처자식을 얼마나 귀하게 여겼는데, 특히 사임당 너한테는 더더욱 각별했잖아? 한양에서 강릉으로 져 나른 물감과 종이, 붓만 해도 거짓말 좀 보태 한 수레는 될 텐데, 어디 그 처자식은 나 몰라라, 일생 허랑방탕하게 산 네 남편 원수하고 나를 한데 섞어, 섞길? 물감 섞듯이 말이야. 이런 괘씸할 데가 있나.' 하실 것 같아.

아버지 눈에 사위가 마뜩찮은 거야 물론 이해되지. 그러기에 누가 당신한테 그런 사윗감 골라 오래? 일부러 고르려고 해도 그런 화상은 안 고르겠네. 내 일평생 원망되는 게 아버지가 그 인간을 내 남편 삼으라고 데려온 거야, 솔직히 말해서. 거기다 남편은 아버지처럼 가족으로부터 몸만 떨어져 있는 게 아니라 아예 혼자 돌았잖아. 예고도, 기별도 없이 머쓱한 표정으로 나타나서는 밤새 자식만 만들어 놓고는 바람처럼 떠나곤 하는 사람이었는데……. 하긴 말하고 나니까 한양 천 리 길을 오가며 정기적으로 가족을 만나러 왔던 아버지를 당신 사위와 같은 부류라고 가져다 댄 것이 죄송스럽긴 하네.

그런데 아무리 실수였다 해도 연세가 그쯤 되면 사람 보는 눈이 저절로 생기게 되는 거 아닌가? 귀는 뒀다 어디다 쓰시려고? 아버지는 아마 그런 방면으론 도무지 식견이 발달하지 않은 분이었나 봐. 그런데 나는 죄가 없지만 아버지는 왜 당신이 고른 사위를 못마땅히 여기셨을까? 그건 곧 사람을 잘못 본 당신 자신에 대한 못마땅함일까. 하지만 아버진들 설마 자식 잘못되라고 일부러 그런 사람과 짝지어 주셨겠어?

처음에도 말했듯이 남편은 집도 가난한데다 어머니와 단 둘이 사는 사람이었어. 집안 자체는 원래 반듯했다는데, 아버지가 안 계시니 서서히 무너진 거겠지. 남편의 할아버지, 그러니까 나의 시할아버지 되시는 분은 요즘 말로 하면 장관까지 지낸 분이었지만 그 아들, 즉 남편의 아버지가 너무 일찍 돌아가시는 바람에 어린 아들(나의 남편)은 그만 홀로 도는 팽이 꼴이 되었던 거야. 빈한한 집안에 가장이 안 계시니 일가친척의 발걸음도 자연히 멀어졌을 거고…….

시어머니는 떡 장사를 해서 아들을 키우셨어. 모자가 떡을 팔아 연명했으니, 아무리 형편이 주저앉았다 해도 양반 집안으로서 그런 결정을 하기까지 얼마나 힘드셨을지 짐작이 가고도 남지. 남들 눈이나 체면 따위를 아랑곳하지 않는다는 게 어디 쉬워? 그런데도 어머니는 친척들에게 폐 안 끼치고 도움 안 받으시려고 떡 장사를 시작하셨던 거야. 그 용기와 당당함에는 존경심이 들지. 하지만 어머니는 딱 거기까지만이셨지.

어머니는 이원수 어머니이지, 한석봉 어머니는 아니셨던 거지. 어쩌면 한석봉 어머니가 이원수 어머니를 반면교사 삼아 자식을 기르는 입장에서 같은 떡 장사를 해도 나는 다르게 해야겠다고 결심했을지도 모르지. 시어머니는 아들을 엄격하게 키우기보다 아비 없이 자라는 것이 그저 가엾어서 암컷의 본능으로만 키우셨던 것 같아. 내가 우리 애들 키운 것하고는 아주 다른 식으로. 물론 나는 껍데기라도 남편이 있긴 있었으니 시어머니하고 똑같은 처지는 아니었지.

어린 아들 이원수는 일고여덟 살 때부터 빈 방에 홀로 방치되어 매일 저녁 떡을 팔고 엄마가 돌아오시기만 기다리는 외로운 소년으로 자랐던가 봐. 공부도, 예의범절도, 가정교육도, 어느 것 하나 제대로 배울 기회가 없었던 거야. 의지박약에다 우유부단하고 그저 좋은 게 좋은 거고, 그러면서 늘 기가 죽어지냈지 싶어. 소극적이면서도 욕구불만을 안으로 감춘, 무기력과 우울증으로 분노를 포장하고 눈치와 주눅으로 한평생을 살 위인. 하지만 그런 류의 사람들이 대개 그렇듯이 바탕 심성은 나쁘지 않았어. 적절한 보호와 관심만 받았어도 그저 평범하고 무난하게 한세상 살 사람이었지. 하지만 단언컨대 그랬다 해도 나하고는 안 맞는 사람이었을 거야. 그 사람은 나하고 그릇의 질이 다르고 크기가 다른 사람이었으니까.

정말이지, 아버지는 그 사람 어디가 마음에 드셨는지 알다가도 모르겠어. 당신 마음에 드실 만한 구석이 있었는지는 내가 알 수 없다 해도 그 사람 어디가 나하고 맞는 구석이 있다고 생각하셨을까, 그게 더 궁금해. 사람 속까지야 알 수 없다 쳐도 겉으로 드러난 조건이 우리 집과는 기울어도 한참 기우는데, 나를 그렇게 애

지중지 키우시고 내 재주와 사람됨을 그렇게 칭찬하고 기대도 크셨던 분이 어째서 사윗감이라고 고른 것이 나보다 못해도 한참 못한 사람이었냐는 거지. 나는 그때 처음으로 아버지께 실망을 했더랬지. 그렇지 않았겠어? 내가 언제 남자를 만나 보기를 했어, 아니면 사람을 사귀어 보기를 했어? 그렇게 모든 길이 꽉 막혀 있던 시절이었으니 잘못된 결혼에 대해서 부모에게 묻지 않으면 누구에게 묻겠어?”

잘못된 결혼에 대해 부모에게 따질 수밖에 없다는 사임당의 말에 인선은 망연해졌다. 자신은 연애결혼을 했다. 아버지가 무기수로 복역 중인 집에 중매가 들어올 리가 없었으니 인선 남매에게는 연애를 하는 것이 최상의 효도였다. 인선도 남편을 스스로 골랐다.

스스로!

그러나 그것이 정말 가능했을까? 인생에서 중차대한 선택을 할 때 스스로라는 것이 진정 가능한 일인가 말이다. 예컨대 사람마다 외부 대상과 사건, 사안에 대한 느낌과 생각이 다르지 않은가. 그리고 그 느낌과 생각은 축적되고 누적된 경험에서 비롯되는 것이지 않나. 자라 보고 놀란 가슴, 솥뚜껑보고도 놀란다는 말처럼 자라의 등이 순간적으로 솥뚜껑으로 보인 사람에게는 나름의 내면적 이유가 있는 법이다. 자라를 솥뚜껑인 줄 알고, 거꾸로 솥뚜껑이 자라인 줄 알았다면 그것이 어떻게 옳은 선택이라고 할 수 있으며, 그것이 어떻게 완벽한 스스로의 선택이라고 할 수 있으랴. 이미 잘못된 인식이 작용하고 있는 판에.

인선의 남편도 어떤 면에서는 사임당의 남편과 닮은 구석이 있었다. 유약한 청년 이원수와 함께 어두운 방에 방치된 또 한 명의 미소년이 그였던 것이다. 이원수의 어머니는 인선 남편의 어머니처럼 아들을 붙들고 자신의 불행한 한평생을 한탄했을까, 남편으로부터 받지 못한 사랑과 인정을 아들을 통해 보상받으려고 했을까. 아니면 그저 묵묵히, 그리하여 무심하게 아들이라는 존재를 있는 둥 마는 둥 방치하신 걸까.

인선의 남편은 5남매의 막내였다. 위로 두 형과 두 누나가 있었다. 남편은 인선과는 또 다른 의미로 존재감 없는 막내였다. 인선이 징징거림을 통해 식구들을 괴롭히며 겨우겨우 뭔가를 얻어 내는 방식으로 결핍을 채워 나갔다면, 남편은 아예 욕구가 없는 것처럼 가장하는 생존 방식을 택했다. 어릴 적부터 무기력과 우울감에 자기 인생이 통째로 잡아먹히도록 스스로, 그리고 가족들 모두 방치했던 것이다.

인선은 자신의 욕구를 표출할 때마다 뭔가를 얻긴 했지만, 대신 식구들의 구박을 덤으로 받아야 했다. 도무지 성가시고 부담스러운 동생이자 막내딸이었던 것이다. 반면 남편은 욕구를 없애고 또 없애면서 무감각 · 무감정 · 무정서한 인간으로 내면을 훈련시키며 어두운 공허 속으로 빠져 들어갔다. 얼토당토않게도 그러할 때 칭찬이란 보상이 주어졌다. 착한 아이, 혼자서도 잘 노는 아이, 도무지 원하는 것이 없는 아이, 그것이 가족들이 남편에게 보이는 관심이었고 남편은 그런 가족들의 관심 없음에 대한 관심을 사랑이라 착각하며 인격을 구축해 나갔다. 그것의 실상은 분노였다. 차가운 빈 집에 남겨진 외롭고 두려운 어린아이의 감정 창고에는 분노가 화석화되어 차곡차곡 쌓여 갔고 그것은 휴화산에 저장된 화약과도 같았다. 발화점을 만나는 순간 언제든 폭발하게 되어 있는.

남편의 아버지, 그러니까 인선의 시아버지는 이른바 자수성가한 사업가였다. 목재업을 첫 기반으로 하여 조선업계에도 발을 들여놓았고, 둘째 아들이 아버지의 사업가적 기질을 이어받아 가구업계에서 성공을 거뒀다. 인선의 시아버지는 그 시절 드물게 대학 교육까지 받은 데다 큰 키에 기골이 장대한 미남이었다. 주변에 여자들이 늘 따랐을 것이고, 그 많은 여자들 가운데 두 여자와의 사이에서 본처에서보다 더 많은 자식을 보았다. 아내와 두 여자 사이를 오가며 씨를 뿌리는 동안 본가의 막내아들이었던 인선의 남편은 깊고 깊은 우울의 늪으로 빠져들고 있었던 것이다.

인선의 남편은 스스로를 억누르고 억누르다 급기야 자신을 상실하기 직전에 이르러 인선을 만났다. 그가 인선과의 결혼을 원했던 이유는 지푸라기라도 잡고 싶은 심정에서였다. 살고 싶은 본능이 작동했던 것이다. 의식하지 못할 지경에 이른 의욕상실에서 탈출하기 위한 수단으로 결혼을 선택했던 것인데, 유약하고 성숙되지 못한 두 청년이 강인하고 정직한 내면을 가진 두 여인의 삶에 그렇게 스며들었던 것이다.

"남편은 언제나 싱글벙글이었지. 내가 뭐 그렇게 예쁜 각시가 아닌데도 남편으로선 노모와 단 둘이 살다가 젊은 색시를 얻은 것만 해도 그렇게 좋았던가 봐. 나? 나도 처음엔 좋았지, 뭐. 그냥 뭣 모르고, 시집이란 걸 가야 하니까 갔고, 부모님이 짝지어 준 신랑이니 내 맘에 들지 않아도 하는 수 없이 맞춰 가며 살아야 하는 때였으니까. 무엇보다 나는 아버지의 선택을 믿어야 했기에 만약 처음부터 신랑이 마음에 들지 않았다 해도 내 마음을 의심하고 다그쳤을 거야.

무엇보다 남편은 내가 그림 그리는 것을 좋아했어. 친구들에게나 주변 사람들에게 마누라 그림 솜씨를 자랑하고 다녔지. 강릉에서 혼례를 치르고 처음 한양에 올라갔을 땐데, 아마 집들이 겸 친구들을 초대한 자리였던 걸로 기억이 나. 한창 음식 만들어 내느라 정신이 하나도 없는 판에 부엌으로 남편이 갑자기 들어오더니 당장 그림 한 장을 그려 내라는 거지, 뭐야? 모처럼 기분 좋게, 거나하게 취한 마당에 마누라 자랑을 해대니 팔불출 밉상이다 싶으면서도 긴가민가하면서 어디 그 그림 솜씨 좀 보자고 했던 기겠지.

그런데 그림이란 게 그려달란다고 당장 그려지는 게 아니잖아. 더구나 손에는 기름이니 양념이니 잔뜩 묻은 상태인데……. 난감해진 내가 낯빛을 찡그리며 남편을 타박하려는데, 옆에서 시어머니가 어지간하면 신랑 체면 세워 주는 셈치고 한 장 그려 주라시는 거야. 그림이든 글이든 그렇게 뚝딱 되는 게 아니라는 거, 해 본 사람은 알지만 안 해 본 사람은 모르는 법이라, 나를 그런 곤경에 몰아넣은 남편이 야속하기만 하더라고. 뭘 몰라도 너무 모른다 싶어서. 그러니 어떡해? 남편 체면도 세워 줘야 하는 것 아니냐는 시어머니 말씀도 틀린 게 아니니, 행주치마에 기름 묻은 손을 대충 닦고는 시작을 했지.

근데 말했다시피 밥상 차리다 말고 먹 갈아 화선지 앞에서 좌정하는 게 어디 쉬워? 그러자니 은근히 약이 오르고 화가 나더라고. 그림 그리는 일을 너무 쉽게 생각하는 구나 싶어서. 그래서 에라 모르겠다 하고, 붓만 들고 나와서는 고추장에 간장을 좀 부어 묽게 만들어서는 듬뿍 찍은 후에 마침 옆에 빈 쟁반이 있길래 거기에다 알이 굵은 포도 몇 송이를 그려 넣었지. 하려고 하니까 또 되긴 되더라고. 그렇게 후딱 완성을 해가지고는 남편을 좀 놀려 줄 양으로 쟁반을 광주리 덮개로 일부러 덮어서 부엌일 거들러 온 동네 계집애를 시켜서 손님들한테 가져다주라고 했지.

그랬더니 아니나 다를까, 대뜸 그림은 안 그려 오고 왜 먹을 걸 또 들여오느냐고 짜증을 내며 당황해하더라고. 마누라 그림 솜씨 자랑은 해 뒀겠다, 혹시 기대만큼 못 그리면 어쩌나 내심 염려도 되는 판에 그려 보겠다고 해 놓고는 자기 말을 무시했다고 여긴 거지.

근데 보를 벗기니 빈 쟁반에 포도 그림이 한 광주린 거라. 모두들 입이 딱 벌어졌더랬지. 그림 포도 따 먹으면 되니 후식은 필요 없겠다는 너스레들을 떨고. 어떻게 그런 생각을 했냐며 남편 체면도 으쓱 살리고. 쟁반이야 우리 집 물건이니 친구들 대여섯이서 혹시 서로 가지겠다고 다툼 안 일어나니 좋고. 종이에다 그렸어 봐. 가지고 싶다는 소리 나왔을 텐데, 그러면 또 누가 가질 거며, 그러다 앞앞이 다 하나씩 그려 달라고 하면 또 어쩔 뻔했어?

끼리끼리 논다고, 남편 친구들도 다 수준이 고만고만한데다 제대로 된 사람이 별로 없어서 나는 처음부터 마음에 들지 않았어. 그래도 남편은 내 그림에 대해서만큼은 늘 인정을 해 줬던 것 같아. 훗날 내 그림을 평소 알고 지내던 높은 양반한테 보여 주는 바람에 나는 그 무렵부터 이름을 좀 얻기 시작했으니까. 그 양반이 나를 도와준 게 있다면, 기회 있을 때마다 마누라 그림 자랑을 해 줬다는 거지.

그나저나 어떻게 그런 기발한 생각을 했냐고? 솔직히 말하자면 전에 비슷한 경험이 있었기 때문이야. 그래서 즉석에서 쟁반에 그림을 그릴 생각이 떠올랐던 거지. 그 이야기도 들어 볼래?

한번은 친척집 잔치에 갔었어. 아마 어느 집 혼인 잔치 후에 일가들 중에 수고한 여자들끼리 뒤풀이로 모인 자리였던 것 같아. 어머니 따라서 우리 자매들도 편하게 갔던 자리였는데, 음식상이 들어오고 얼마 되지 않았는데 상 모서리에 앉은 어떤 아주머니가 '애고머니나!'하고 비명을 지르는 거야. 사람에 비해 방이 비좁아서 모두들 바투바투 끼어 앉아 있었는데, 마침 모서리 자리라 국그릇이 비끗하니 상에서 미끄러지면서 치마로 국물이 쏟아져 내렸던가 봐. 뜨거운 것도 뜨거운 거지만, 한껏 치장을 하고 온지라 국물에 얼룩진 치마가 더 다급했던 거지. 그 아주머니는 울상이 되다 못해 곧 눈물을 떨굴 기세더라고. 그 소란에 어린 우리 자매들도 못 올 자리 온 것처럼 안절부절못할 지경이었어.

알고 봤더니 설상가상, 모임에 입고 올 마땅한 옷이 없어서 남의 옷을 빌려 입은 거라는 거야. 비단 옷이란 게 함부로 물에 넣고 주무를 수 있는 게 아니잖아. 어쨌거나 치마폭에 고인 국물하고 큰 얼룩이라도 닦아 내라며 초대한 집 여자가 가져다준 젖은 행주도 차마 못 대더라고. 조심조심, 곱게 한 번 만 입고 저고리 동정이나 새로 바꿔 달아 돌려주려고 했던 거였는데 그런 낭패를 당했으니……. 하지만 어떡해? 이미 엎질러진 물, 아니 국이잖아. 해결할 길이 없어 보였지.

그때 내가 어떻게 한 줄 알아? 행주 대신 붓과 벼루를 좀 가져다 달라고 주인댁에 청했어. 모두들 의아해했지. '이 판국에 뜬금없이 웬 붓과 벼루?'라는 표정으로 모두들 날 미심쩍게 바라보더라고. 나이도 어린 것이 지금 장난치는 건가 하며 약간 괘씸하다는 표정으로. 지푸라기라도 잡고 싶은 심정이었을 테니 치마를 버린 아주머니만 너한테 무슨 묘수가 있어 그러냐는 간절한 눈빛을 보낼 뿐.

여하튼 곧바로 붓과 벼루가 내 앞에 대령이 되었지 뭐야. 내가 곧 국을 쏟은 아주머니한테 부탁했지. 그 치마를 잠깐 벗어 나를 달라고. 속치마 바람인 것에도 아랑곳없이 이내 벗어 날 주시더군. 내가 그때 뭘 한 줄 알아? 이미 얼룩져 있는 치마를 지그시 바라봤지, 우선. 속으론 괜한 짓 하는 거 아닌가 하고 주저되기도 하고 겁도 났지만. 하지만 아까도 말했듯이 이미 엎질러진 물, 아니 국이잖아. 벼루에 슥슥 먹을 갈면서 생각을 모았지. 이걸 어떻게 살릴 길이 없을까 하고.

그때 어릴 적 그림 그리던 때 생각이 나는 거야. 아버지가 사다 주시는 종이를 어떻게든 아껴 쓰려고 마당에다 몇 번씩 습작을 한 후에 마당 그림이 완성되면 그걸 종이에 옮겨다 그리곤 했었던 일

말이야. 그렇게 했는데도 그림이 생각처럼 나오질 않아서 망쳤다 싶을 때가 있었어. 그럴 때는 와락 종이를 구겨 버리고 새 종이에 다시 그리고 싶었지만, 아까워서 도저히 그러질 못했던 거야. 그러니 잘못됐다 싶어도 그걸 그냥 살려서 그릴 수밖에 없는 거지. 그러다 보면 이렇게 저렇게 수습이 돼서 원래 내가 생각했던 그림과 얼추 비슷한 결과가 나올 때도 있고, 아니면 아주 다른 그림이 나올 때도 있지만 어떤 경우든 만족스러웠어. 그때 나는 배웠지. 어떤 상황에 맞닥뜨려도 그 자리에서, 주어진 대로 최선을 다하면 그 결과에 대해서도 받아들일 수 있게 된다고.

먹이 충분하다 싶을 때 치마폭의 얼룩에 과감히 붓을 댔지. 막 한 술 뜨기 시작한 밥상은 아예 윗목으로 밀쳐놓고 모두들 내 주변을 둘러싸고 앉아 나의 붓끝을 주시하는 눈, 눈, 눈들! 긴장이 안 될 리가 있겠어? 더구나 어머니는 호기심 반, 의혹 반으로 나를 주시하는 다른 여자들과는 마음이 다를 수밖에 없잖아. 쟤가 도대체 어쩌려고 저러나, 시키지도, 부탁하지도 않은 일을 왜 나서서 저러나 하고 조마조마, 불안한 표정을 감추지 못하시는 거야.

나는 깊은 물속에 들어가는 사람처럼 심호흡을 한 번 크게 하고는 치마폭을 펼쳐 놓고 포도송이를 그려 넣기 시작했어. 원본은 내 머릿속에 이미 들어 있으니 그려 넣기만 하면 되는 거였어. 얼룩을 감추기보다 오히려 그것을 살리는 방향으로 구도를 잡았지.

우리도 살면서 경험하잖아. 감추려 드는 치부와 약점은 더 도드라져 보이는 법이잖아. 차라리 과감히 드러내고 당당하게 맞서면 그것이 매력이 되어 약점이 도리어 호감으로 작용하게 될 때가 있잖아. 나는 얼룩과 자국을 서로 변주시키며 포도를 그려 넣었어. 흠집과 실패가 개성과 기회가 될 수 있도록.

그림이 완성되어 갈 무렵, 여기저기서 경탄의 소리가 들리기 시작했지. 내 전략이 맞아떨어졌던 거야! 동네에서 내가 그림 좀 그린다는 소문만 들었지 실제로 내 그림을 처음 보는 사람들이 대부분이라 그날은 결과적으로 내 그림 솜씨를 드러낸 날이 되기도 했네그려. 그렇게 치마그림이 완성되자 치마 주인, 아니 빌려 입고 온 분의 표정도 그때서야 풀렸어. 풀린 정도가 아니라 안도의 한숨을 넘어 기쁨이 어린 표정이었어.

근데 얘기가 거기서 끝날 수가 없잖아. 그림이야 좋다고 해도 그건 어디까지나 먹물로 그린 것이니 결국 번지고 지워질 텐데, 그러면 얼룩이 다시 드러날 게 아니냔 말이지. 그땐 치마를 아예 못 쓰게 될 거란 말이지. 그래서 내가 한 가지 제안을 했어. 이 그림을 혹시 사실 분이 없는지. 그러면 빌려 준 사람에게 옷값을 물어주거나 같은 천으로 옷을 새로 지어 줄 수가 있으니까. 그랬더니 기다렸다는 듯이 여기저기서 손을 드는 거야. 잔치집이 갑자기 경매장이 되고 말았지 뭐야? 하하. 그중에서 한 분이 적당한 값을 치르고 내 치마 그림을 샀고, 그 돈으로 문제가 해결되었어.

치마 사건은 그렇게 마무리되었는데, 이후 나는 동네에 소문이 나서 일약 스타가 됐어. 그런 경험이 있었기 때문에 집들이 때도 쟁반에 고추장으로 포도 그림을 그렸던 거지. 얘기가 길어졌는데, 어때? 내 얘기 재미있게 들었어? 하하."

남편이 자신의 그림을 아끼고 그림 그리는 아내를 자랑스러워했다는 사임당의 말이 여기까지 번졌다. 당시는 여자가 살림 잘 살고 자식 쑥쑥 낳아 잘 기르는 것 말고 무슨 존재감이나 가치를 인정받을 수 있는 때였나. 그럼에도 사임당의 남편은 아내의 재능을 인정했던 것이다. 존중까지는 아니라 해도 말이다. 나아가 만약 그가 사임당의 재능을 존중했다면 사임당의 아버지처럼 어떤 식으로든 뒷바라지를 해 주었을 것이다. 그러나 뒷바라지는커녕 그는 가족들의 경제적 부양까지 아내에게 떠맡긴 무능한 가장이었다.

자식이라고 어디 적기나 한가. 일곱 자식을 얻어 놓고도 바람처럼 떠돌기만 할 뿐, 진득하니 제 자리를 지키며 가족을 먹이고 입히고 정서적 울타리가 되어 주는 사람이 아니었던 것이다. 그는 그저 남다른 재능을 가진 아내가 별세계 사람처럼 보였을 뿐이었다.

"친정에서 사는 대신 애들 교육에 대해 책잡혀서는 안 된다는 강박관념을 가진 어머니 영향도 있었지만, 천성적으로 나는 어릴 적부터 촘촘히 박힌 옥수수알처럼 조금치의 빈틈도 없이, 허튼 시간 보내는 법 없이 지나치다 싶을 정도로 긴장되게 살아온 사람이었어. 그랬는데 시집이라고 가서 남편 사는 걸 보니 처음엔 헛웃음이 나더라고. 사람이 저렇게 살 수도 있구나. 핫바지 사이로 방구 새듯이 어영부영, 설렁설렁 그렇게 시간을 보낼 수도 있다는 것이 나로선 무슨 처음 보는 구경거리처럼 느껴지고 처음엔 부럽기조차 했어. 나나 어머니뿐 아니라 외가 식구들, 그리고 우리 집 다섯 자매는 모두들 참 치열하게 살았거든.

어쨌거나 남자라고는 없는 집안에서 남편은 우리 어머니, 그러니까 장모도 별 격의 없이 대하고, 내 동생들에게도 서글서글 붙임성 있게 하니 장가들고 함께 사는 동안은 나도 모처럼 긴장에서 놓여 쉼을 얻는 느낌이 들더라고. 대처에서 살았던 사람인데다 두루 모난 데가 없는 성격이니 그간 이렇게 저렇게 주워들은 이야기만 해 줘도 식구들에겐 활기가 돌았지. 나도 그런 남편이 싫지 않았고. 싫을 까닭이 뭐가 있겠어? 바탕 심성 순하고 붙임성 있는 성격이라 아버지가 안 계신 빈자리가 훈기로 메워지는 느낌이 오히려 좋기만 했어.

이런 걸 두고 삼종지도(三從之道)라고 하는가 싶더라고. 왜 있잖아, 여자가 따라야 할 세 가지 도리라고 해서 어려서는 아버지를,

혼인해서는 남편을, 그다음에는 자식에 순종해야 한다는 가르침, 그거 머리로 생각하면 되게 모욕적으로 들리지만 막상 남편이 생기니 그 품에 푸근히 안겨 내 고민, 내 갈등을 다 해결받고 싶어지더라고. 남편한테 슬쩍 기대서 몸도 마음도 위로받고, 당연히 먹고사는 걱정도 할 필요 없이 그렇게 뒷바라지하며 한평생 살면 그게 여자 행복이지 싶었던 거지. 혼인하기 전에는 아버지한테 의지해 살면서 아버지가 다 바람막이가 되어 주셨듯이. 그렇게 살다가 시집을 가서 이번에는 남편만 믿고 살고, 그러다 남편이 세상을 뜨고 자식이 장성하면 이번에는 자식 보호 아래 살라고 여자들에게 옛 어른들이 삼종지도라는 걸 만들어 주셨던 거지.

그래서 나도 다른 여자들처럼 그렇게 살아질 줄 알았는데, 그 꿈은 신혼 생활 1년도 못 되어 깨져 버렸지. 나는 그러니까 아버지 외에는 남편도, 자식에게도 의지하지 않았으니 일종지도라고 해야겠네. 하지만 상황이 어쨌거나 간에 무의식 속에는 어려서부터 그 굴레를 박차고 나와 버려야겠다는 마음이 있었는지도 몰라."

사임당은 아버지의 딸로, 남편의 아내로, 아들의 어머니로, 그렇게 사는 것이 삼종지도라고 말하고 있었다. 현대 사회에서 그 말이 퇴색한 지는 오래지만, 말 자체가 사라졌다고 해서 관습과 인식마저 말끔히 변하지는 않는 법. 사임당은 그 연속적인 고리(굴레라고 해도 좋았다)의 둘째 부분부터 막혀 피돌기가 자연스럽지 않게 된 것이지만, 인선에게는 고리가 형성된 적이 아예 없었다는 게 새삼스러울 것도 아니었다. 아버지가 부재했고, 남편은 부실했다. 그리고 두 아들은 각자 제 길을 갈 뿐이다.

사임당은 또 그럴 것이다. 내게도 아버지는 언제나 채워지지 않는 목마름과 같았고, 남편은 처음부터 의지할 만한 대상이 되지 못했다고. 자식? 자식 봉양이야 받을 새도 없이 내가 먼저 죽어버렸으니 삼종지도하고는 나 역시 거리가 먼 사람이라고. 그러니 너하고 나하고 닮은 꼴 아니냐고 다시금 강조할 것이다.

아버지를 남편과 바꿔치기하고, 다시 자식으로 남편을 바꿔치기하면서 자기 의지나 자의식 없이 마치 개울의 종이배처럼 삼종지도라는 견고하면서도 허약한 돛을 달고 목적 없이 그저 흘러가는 것이 여자의 일생일 수는 없는 것이다. 여자의 것만이 아니라 그 누구의 인생도 그렇게 취급되어서는 안 되는 것이다. 사임당 역시 그 시대의 다른 여성들과 다름없이 삼종지도를 따라 의존적이지만 안락한 삶을 살고 싶다고 하지 않았던가. 그럼에도 그의 운명의 항해는 이미 다른 방향으로 향하고 있었다. 여자들은 혼자 생각으로 일처리를 하지 말아야 하며, 나서지 말아야 하며, 자기 주장을 하지 말아야 한다는 것 따위로 여자들을 가두고 또한 보살피던 그 시대에.

"내가 혼인할 땐 신부 수업이란 게 있었어. 지금도 있다고는 하지만, 요리나 집안 살림을 배우는 수준하고는 완전히 달랐지. 거의 의식 개조에 가까운 것이라고 할 수 있지. 혼인 날짜가 잡히자, 나는 사임당이라고 이름 붙여진 조용한 처소에 혼자 거하면서 자수를 놓으며 혼수를 장만하는 틈틈이 친정어머니로부터 결혼한 여자의 자세를 전수받아야 했던 거지. 나는 남녀 차별 없는 분위기에서 (아예 남자가 없으니 차별할 것도 없었지만) 소학을 비롯해서 논어, 명심보감, 시경, 사기 등을 공부할 수 있었지만 막상 시집을 가려고 하니 그런 건 다 집어치우고 내훈이 필독서로 주어졌어. 지금까지 공부한 건 모두 남자들에게나 필요한 거였지.

양반집 규수가 내훈을 읽지 않고 시집을 간다는 건 생각할 수도 없었던 때니까 그 무렵 나도 정신을 똑바로 차리고 내훈 공부에 집중했어. 내가 누구야? 조선에서 둘째가라면 서러울 '범생'이었잖아. 내훈은 15세기 후반, 그러니까 1475년에 성종 임금의 어머니인 인수대비가 편찬한 부녀자 교육서였는데, 내훈의 핵심 내용은 남편을 잘 섬기고 자식을 잘 키우라는 것이었지. 조선시대 성리학의 이념은 여성의 삶을 억압하는 상징적 가르침이라 볼 수 있는데, 그 책은 소학과 열녀전 등에서 필요한 덕목을 뽑아 재구성한 것이었어.

내용 중에는 며느리가 잘못하면 이를 바로잡아 주고, 그래도 말을 안 들으면 때리고, 때려도 고쳐지지 않으면 쫓아내야 한다는 내용까지 있었어. 아들이 아내를 사랑한다 해도 시부모 마음에 들지 않으면 내보내야 한다는 내용, 대접을 받을 때 자기 입에 국이 싱겁다고 해서 주인 앞에서 국간을 맞추는 것은 예의가 아니며, 국건더기를 들이마시지 말라는 둥, 시시콜콜한 지침까지 적혀 있었지. 아무튼 그 내훈은 다른 말로 여훈(女訓)이라고도 불리며 여자들을 잡았지.

결국 그것은 조선시대 남존여비를 공고화하는 지침서가 되어 급기야 여자는 남자를 하늘처럼 공경하라는 것에까지 이르렀어. 여자의 적은 여자라더니, 여자를 억압하고 남자보다 천한 존재로 아예 못을 박은 장본인이 남자가 아닌 여자라는 점이 참으로 한스럽지. 이런 판이니 내 아무리 시집가기 전에 사내들이 하는 공부를 하고 여자 군자처럼 키워졌다 한들 남편을 만나는 순간 무수리로 전락하는 건 이미 정해진 수순과도 같았어.

인수대비의 내훈이 나온 이래로 조선의 모든 여성들이 억압의 굴레를 쓰기 시작한 것처럼 그 정도까지의 영향력은 아니라 해도 혹여 나로 인해 또다시 그런 관념이 만들어지지 않을까 우려가 되는 거야. 내가 마치 부덕의 상징이자 현모양처의 대명사처럼 받들어지면서 나를 본받을 것을 강요하는 시대적 분위기로 인해 여자로 태어난 이유만으로 귀한 생명들이 자기 삶을 온전히 꽃 피우지 못할까 심히 염려스럽고 생각만으로도 우울해.

계속 말하지만, 나는 행복한 가정의 중심에 있는 자애로운 어머니, 현숙한 아내하고는 거리가 멀어도 한참 먼 사람이야. 결혼 후 집구석이 안정되게 돌아간 적이 거의 없었어. 아이들 입장에서, 경제적인 어려움은 말할 것도 없고 편모슬하와 다를 바 없이 살았는데 그 마음에 빈 구석이 왜 없었겠어? 우리 집은 결코 화목한 가정이 아니었고 화목할 수도 없었어. 남편은 겉돌고, 그렇다고 내가 내훈이나 삼종지도를 쫓아 고분고분한 여자도 아니고, 그러다 보니 나 스스로 사서 한 고생은 왜 없었겠어? 죽이 되든 밥이 되든 믿을 수 없지만 그래도 가장을 앞세우고 세워 줬더라면 나도 그렇게까지 고생 않고 남편도 기를 펴고 살 수 있지 않았을까 하는 회한이 전혀 없는 것도 아니야.

하지만 다시 한 번 말하자면 환경과 관계없이 나는 나에게 아로새겨진 생명의 본성을 따라 살았을 뿐, 누구의 딸로, 누구의 아내로, 누구의 어머니로 살 작정을 한 적이 아예 없었던 거야. 더구나 율곡의 어머니라는 월계관은 내가 원했던 게 아니야. 나는 주어진 현실에서 최선을 다해 산, 독립적이고 정직한 한 인간이었을 뿐이야."

아무리 인선과만 주고받기로 한 편지였지만 사임당의 자기 고백은 너무나 적나라하여 인선으로서도 감당하기가 점점 어려워지고 있었다. 사임당과 율곡이 거의 신격화되고 그의 친정 강릉과 가족들이 살았던 파주 등이 성역화된 시점에서 이 무슨 충격적인 발언이란 말인가. 그것도 본인의 입에서. 이렇게까지 해야 할 필요가 있는 것일까.

인선은 예수를 신격화함으로써 성모 마리아가 덩달아 존재를 드러내게 되는 것처럼 율곡과 사임당의 관계도 그에 비견된다는 내용의 글을 읽은 적이 있다. 그러나 지금 사임당은 성모 마리아는 고사하고 세상이 부여한 위치에 대해 스스로 노 땡큐라 하고 있는 것이다.

사임당은 노론의 영수 송시열에 의해 사후 약 백 년 후 화려하게 그러나 생뚱맞게 부활했다. 사임당의 빼어난 그림 솜씨를 보아하니 그 재주, 그 재능, 그 똑똑한 머리로 자식까지 잘 길러 냈음이야 자명한 이치 아닌가 하는 짜 맞추기식 이미지화 작업이 공교히 진행되었던 것이다. 정권 유지 차원에서 서인들의 결속력을 높이기 위해 송시열에게 필요했던 인물은 서인 세력의 정신적 근간이었던 이율곡이었다. 그런 훌륭한 아들을 낳은 사람은 그 부모이고, 그 부모 중에서도 당연히 아버지를 내세워야 함에도 정작 아버지란 작자는 너무 별 볼 일없는 사람이라 하는 수 없이 모친 쪽을 뒤적여 가져다 붙일 건더기를 찾았던 것이다. 그것은 바로 사임당의 그림이었던 것이다.

가령 사임당의 난초 그림에 대한 송시열의 평은 이렇다. “이공 부인 신 씨의 작품은 사람의 손가락 밑에서 나왔다고 하기에는 현묘하리만치 자연과 조화를 이루니, 사람이 그린 것이 아닌 것만 같다. 하물며 그런 사람에게서 난 자식이야 오죽하겠는가. 그런 어머니이니 오행의 정수와 천지의 기운이 조화를 이뤄 이 땅에 율곡 선생이 태어나게 한 것은 당연하다.”

신묘한 그림 솜씨와 영특한 자식 생산이라는 필연적 상관관계는 도대체 어디에 근거하는 것일까. 이렇게 그림을 잘 그리는 여자라면 자식 인생의 밑그림도 응당 잘 그렸으리라는 논리일까? 게다가 이런 훌륭한 자식과 이런 자식을 길러 낸 여자를 아내로 맞이한 안목을 가진 남자라면 그 역시 보통 사람은 아닐 거라며 남편 이원수를 덩달아 띄웠으니 이 무슨 억지소린가. 여하튼 허랑방탕한 아버지를 둔 율곡일 수는 없었다. 어떤 세제를 풀어서라도 이원수를 말끔히 세탁시킬 수밖에 없었고, 하늘이 낸 화가인 그 어머니도 이율곡이라는 역작이 곧 대표작이라며 이미지 세탁을 당해야 했던 것이다.

그래도 그렇지, 남도 아니고 자기 자식 잘되는 일이고, 또한 자신도 그 덕에 덩달아 이름을 날리게 되었는데 500년이나 지난 지금에 와서 자신의 본 모습을 찾고 싶다는 건 또 뭔가. 16세기 이후 까마득한 세월이 흘렀지만 21세기를 살아가는 여자들조차도 자식들과 남편 뒷바라지에 충실하고, 그것으로 대리만족을 느끼는 것이 곧 여자의 성공이라고 믿는 것은 여전하다. 대화가 깊어질수록 인선에게 사임당은 알다가도 모를, 모르다가도 알 듯한 존재로 다가오고 있었다.

"내가 결혼 전까지 자라 온 환경이 빛이었다면, 결혼 후 남편과 함께 산 시간은 그림자였어. 빛이 강할수록 그림자는 짙어지기 마련이라 경제적으로 안정되고 가정교육 올바르고 집안 화목하고 무엇보다 문화 · 예술적 공기가 일상 중에 흐르는 처가 분위기를 남편은 낯설어 했어.

빛 쪽에서 서 있는 내가 보기에 남편은 경박했고 품위가 없었고 정신적으로 지나치게 나약했어. 남편의 그런 실망스러운 면모를 하나하나 발견할 때의 나의 절망감이라니……. 그건 삼종지도를 따라 의지하지 못할 남자를 만났다는 것에서 오는 절망과는 달랐어. 그것은 인간 자체에 대한 것이었고, 그 사람이 내게 지어 줄 그림자에 대한 막연한 불안 같은 거였어. 빛 아래 서 있는 내게 어둠이 서서히 드리우는 느낌이랄까."

인선은 사임당을 이해할 것 같았다. 인선 남편과 사임당 남편이 처한 상황과 문제는 달랐음에도. 인선 남편은 가장으로서 단 한 번도 가정 경제나 가족 부양에 소홀한 적이 없었고 표면적으론 사회생활에도 부끄러움이 없는 사람이었다. 사람 사이에 반듯하고 깍듯한 예의를 지키는 사람이었다. 그런 그의 사회적 태도가 타인의 존경과 신뢰를 얻었다.

그럼에도 인선은 그의 사람됨에 대하여 신뢰하지 못했다. 무엇보다 인선의 남편은 자기 직면이 불가능한 사람이었다. 자신의 나약함과 무기력에서 비롯되는 세상에 대한 두려움을 마치 신 포도를 대하는 여우처럼 처리했다. 무가치하며 쓸데없는 경쟁을 일삼는 저열한 존재들이라며 남의 성취와 노력을 냉소적 시선으로 바라보았다. 그러나 실상은 남편의 마음속 깊은 곳에 똬리 틀고 있는 거절에 대한 두려움과 패배감에 대한 방어기제일 뿐이었다.

그러다 이혼 과정에서 그의 근본 사람됨이 용렬하고 비겁하고 위선적이며 허황하고 허랑하기 짝이 없어서 어떻게 내가 저런 사람을 남편으로 맞았을까 하는 실망감을 여러 차례 확인했다. 인선은 남편으로부터 자기 몫의 돈을 한 푼도 받아내지 못했다. 남편으로서는 받아들일 수 없는 이혼이라 하더라도, 사유야 어떻든 관계를 정리하는 마당에 재산 분할은 상식에 속하는 것이었다. 하지만 그 상식은 인선 편의 반쪽짜리 상식에 불과했을 뿐, 남편은 "이혼 변호사를 백 명 데려와 봐라, 내가 돈을 주나."라며 폭언을 서슴지 않았다. 어차피 아내가 돌아올 희망이 없다는 걸 깨닫자, 돈이라도 지키자는 심산이었던 것이다.

그의 사람됨과 그릇됨이 그런 수준이었다. 어릴 적부터 자기 자신을 무책임하게 방기한 결과가 빚어낸 꼬인 사고의 결과였다. 자신을 사랑하지 않는 사람의 전형적인 대처 방식이라는 점에서 예상치 못한 반응이라며 놀라거나 분노할 일도 아니었다. 경우는 다르지만 사임당의 남편도 스스로를 귀하게 여기지 않는 사람 특유의 삶의 자세를 보였을 뿐이라는 게 인선의 생각이었다.

"결혼하고 몇 달 지나지 않아 아버지가 돌아가시고 말았어. 47세였으니 나 죽은 나이하고 비슷하게 돌아가신 거지. 딸밖에 없는 집에 언니는 이미 시집을 갔고, 나는 아버지의 간곡한 당부로 친정에 그냥 눌러 있게 되었으니까 아버지 삼년상을 내가 치르게 되었는데 그 사이에 큰아이를 임신하게 된 거야. 이 말을 왜 하냐고? 부모상 중에 부부가 잠자리를 하는 건 도리가 아닌 시대였거든. 그런데 남편이 덜컥 나를 임신시킨 거지. 남편은 주로 그런 식이었어.

난 좀 창피했어. 처녀가 애를 밴 건 아니지만 그래도 좀 그렇잖아? 자라 온 가정환경이 비슷했다면 굳이 말하지 않아도 그런 건 저절로 배려되는 거 아냐? 이런 식으로 본 데 없이 자란 남편으로 인해 나까지 서서히 허물어져 간 거야. 마치 처녀적 날렵했던 몸

매가 두루뭉술 아줌마 체형이 되어 가는 것처럼 나의 삶의 철학과 생활 방식도 그렇게 시나브로 허물어지는 것 같았어.

남편의 실체를 알아 갈수록 나는 미로에 갇히고 궁지에 몰리는 느낌이었어. 아버지가 원망스러웠고 당신이 잘못 판단해서 그런 남편감을 내 앞에 데려온 게 아니라 일부러 그러신 게 아닐까 하는 의심마저 들었어. 오죽하면 그랬겠어? 아니어도 이건 너무 아니었던 거야. 내가 왜 그런 남편을 만났어야 하냐고.

물론 아버지 나름의 이유가 없었던 건 아니야. 아버지는 내가 떵떵거리는 가문에 내로라하는 집에 시집을 가면 시댁 집안 대소사 치다꺼리로 내 인생이 없을 거라면서, 그러면 다시는 그림을 그리지 못하게 될까 우려되어 일부러 조촐한 집안의 사위를 보신 거라 하셨어. 당신도 너무나 기우는 혼처라 서운한 마음이 왜 없었겠냐고, 하지만 모두 너를 위한 것이었다고 나를 타이르시더라고. '시대가 시대인지라 양가집 규수가 시집을 안 갈 수는 없고, 그렇다고 네 재능이 어디 보통 재능이냐? 그러니 너는 무엇보다 재주를 썩혀서는 안 된다.'고 거듭 말씀하셨어. 시아버지도 안 계시고 홀시어머니 한 분만 건사하면 되니 단출해서 얼마나 좋으냐고, 나머지 시간에는 그림 그리고 글씨도 쓰면서 여가를 누릴 수 있을 거라고 하시면서.

따지고 보면 그것도 이기심이지, 뭐. 하지만 아버지로서 귀한 딸을 그렇게라도 배려하고 싶었던 거라 생각하니 더 이상 뭐라 할 수도 없더라고. 체면이 목숨보다 중요하던 때에 자식의 행복을 위해 남들 눈조차 의식하지 않았다는 것도 아버지다운 용기라는 생각이 들더라. 무슨 말이냐면, 동네에서는 내가 뜨르르한 사대부 집안의 맏며느리 자리로 갈 줄 알았는데 막상 혼처가 정해지자 의아한 표정들이 되어 할 말을 잃었을 정도니까. 아니면 나를 헛똑똑이로 알았던가.

그런데 말이야, 나는 이런 생각도 드는 거야. 아버지가 혹시 나를 집에 주저앉혀 두시려고 그렇게 만만한 사위를 고르셨나 하고 말이야. 당신 딸의 행복보다 당신 내외의 안위가 우선이 아니었을까 하고 말이야. 천벌 받을 소리하는 건진 모르지만, 아버지가 나를 당신의 존재 이유 내지는 자부심이었던 걸 생각하면 그런 생각이 영 근거 없는 건 아니라는 거지. 나를 당신 곁에 오래오래, 어쩌면 영원히 두고 싶으셔서 기울어도 많이 기우는 혼처임을 알면서도 결정을 하신 게 아닌가 싶어. 그래야 사위를 당신 마음대로 좌지우지할 수 있을 것 아닌가 말이야.

아닌 게 아니라, 나를 친정에 잡아 두려는 당신의 처음 뜻을 이뤘잖아. 아버지는 홀어머니와 아들 단 둘이 살았다는 것을 번연히 아시면서도 나를 강릉에 살게 해 달라고 남편한테 부탁한 것으로도 부족해서 친히 시어머니께 편지를 쓰셨거든. 안사돈도 아니고 바깥사돈이 말이야. 친정어머니가 글을 모르는 분도 아닌데 왜 아버지가 직접 편지를 쓰셨겠느냔 말이지. 안 그래도 이리저리 기가 죽는 사돈댁의 바깥사돈이 보낸 편지를 받고는 어머님이 무슨 말씀을 하실 수 있었겠어? 그저 오그라드는 마음으로 그렇게 하시라고 했겠지.

어쩌면 우리 시어머니도 속내가 그리 호락호락하지만은 않으셨겠다 싶기는 해. 당신 자식에 비해 월등히 잘난 며느리가 결국 상전 노릇할 거라는 각오를 하셨을 수도 있다는 거지. 그럼 왜 그런 각오를 하셔야만 했을까? 20대 수절 과부로 세상에서 겪은 게 얼마겠어? 뭘 내주고 뭘 받을 것인지 계산이 안 되려야 안 될 수가 없었을 거야. 혼담이 오갈 때부터 어머니로서야 며느리를 들이는 것이 아니라 아들을 주는 거라는 걸 짐작했을 거고, 그렇다면 사돈댁에서 어떤 거래를 들고 나올지 기대 반, 각오 반 하셨을 거라는 거지.

그래서 어떤 거래가 이뤄졌냐면, 우리 아버지가 사위 과거 공부를 뒷바라지하기로 하신 거지. 시어머니로서야 때를 놓친 아들의 공부를 시켜 주고 본 데 없이 자란 자식이 반듯한 처가에서 예절을 배워 뒤늦게 사람 꼴을 갖추게 된다면야 그보다 더 좋은 일이 어디 있겠어? 그런 면에서 그 어른이 먹고사는 게 바빠 자식을 마냥 끼고 사느라 아무것도 가르치지 못한 것에 대한 회한이나 자의식이 아주 없었던 분은 아니었던 거야. 다만 살아온 세월이 너무 모질었고, 당신의 의지력이 그것밖에 안 되었던 거지. 그런데 비로소 기회가 온 거 아니겠어?

나 시집가기 전에 시어머니께 우리 아버지가 이런 제안을 하셨다는 거야. 사위가 과거에 합격할 때까지 모든 재정적 지원을 하겠다고. 보통 여덟 살이 되면 과거 준비를 시작해서 최종 시험에 합격하기까지 27년이 걸리거든. 35세가 되어야 모든 관문을 통과한다는 얘기지. 그 긴 기간 동안 시어머니가 무슨 수로 아들 뒷바라지를 할 수 있었겠어? 떡 팔아 모자 입에 풀칠하기도 빠듯했을 텐데. 그렇다고 양반 체면에 아무 일이나 할 수는 없었을 테고. 한마디로 어머니 등골 빼먹으며 무위도식했던 거야. 남편은 스무 살이 넘었는데도 과거 입문서라고 할 수 있는 어릴 때 배우는 소학도 제대로 모르는 상태였거든.

솔직히 말하자면, 본인이 공부할 의지가 있고 똘똘했다면 떡 장사 아들이었다 해도 그게 뭐가 문제였겠어? 그런 사람을 우리 아버지가 맡아서 새롭게 변신시켜 주겠다고 약속을 했으니, 시어머니로서야 이보다 더 큰 횡재가 있었겠어? 며느리는 고사하고 아들을 평생 못 본다 해도 자식이 출세만 할 수 있다면 당신의 외로움이나 고통 정도는 너끈히 감내하셨을 거야. 당신 자식이 비로소 개천 용이 될 가망성이 보이니, 당신이 고생한 보람이 있어서 장가 한번 잘 들인다고 쾌재를 부르셨을 테지.

아아—. 이렇게 말하고 나니, 그 정도로 우리 아버지가 나를 사랑했던 거였구나. 집안 차, 학력 차, 배경 차가 지나치게 나는 사람에게 나를 희생시키고 당신의 노후 담보를 잡으려고 했던 게 아니라…….

시대적 한계와 제약을 벗어나 살 수 있는 사람은 없잖아. 물고기가 물 자체를 떠나 호흡할 수 없는 것처럼. 하지만 제약을 최소화할 수 있는 방법을 찾으셨던 거지. 아버지는 내 재능을 어떻게든 꽃피워 주시려고 했던 분이였어. 당신의 무의식이 어쨌든 간에 표면적으로는 어떻게 하면 딸의 예술적 재능이 꺾이지 않을까를 궁리하셨던 거야.

근데 막상 뚜껑을 열고 보니, 큰 골칫덩어리 하나를 우리 집에서 맡게 된 거였더라고. 이건 또 무슨 소리냐면, 나를 시댁으로 안 보내는 조건으로 아들의 과거 뒷바라지를 해 주겠다고 협상을 떡하니 해 놓으시곤 아버지는 몇 달 만에 돌아가셨어. 나를 아들 삼아 우리 내외로부터 봉양받으시려던 계획이 당신 스스로 세상을 먼저 버림으로써 무효화되어 버린 거지. 나도 처가에 아내를 양보했으니, 너도 나를 따라 그리하라는 무의식적 보상심리였다고 할지, 아버지는 그렇게 사위를 주저앉히시고는 훌쩍 세상을 떠 버리신 거야.

이후 남편이 어땠겠어? 아버지 복이 없으니 장인 복도 없다고는 할 수 있겠지만, 장인 밑에서 소학부터 제대로 배우나 했더니 이 무슨 불운인지 행운인지, 장인이 일찍 돌아가시는 바람에 남편은 또다시 끈 끊어진 연이 되어 공부하고는 영 멀어져 버리더라고.

여하튼 그 인간은 공부하고는 거리가 멀었어. 떡 장사 어머니 밑에서 청년 실업자로 어영부영 얹혀살다가 이젠 처가에서 기생하는 팔자라니. 내가 그래서 반복해서 하는 말인 거야. 그 나이 먹도록 자기 앞가림도 못하는 인간을 사위라고 들여놓은 아버지의 저의가 궁금하다고. 당신이 그렇게 자랑스러워하고 자부심 어려 하던 딸에게 어쩌자고 그런 짝을 일부러 찾아다 지어 줬냐는 거지. 내가 어디가 부족한 구석이 있다고.

말을 이렇게 했다, 저렇게 바꿨다, 오죽하면 내가 이러겠어? 아마도 아버지 편하려고, 말은 남다른 재주 가진 딸을 생각해서 그 재주 가리지 않을 놈이라고 생각해서 혼인시켰다지만, 만만하고 호구 같은 녀석 데려다가 마음 놓고 처가살이 시키며 당신 봉양하도록 하고 싶었던 게 아닐까 싶었던 거지. 아버지도 어머니하고 16년이나 떨어져 살았는데, 아닌 게 아니라 남편하고 나도 20년 가까이 떨어져 지냈더라고. 이러고도 사위하고 장인하고 닮은꼴이라는 내 말에 천부당만부당하다고 펄쩍 뛰실 거냔 말이야.

그래, 다 좋다 이거야. 이렇든 저렇든 그 인간이 자기 도리를 다

해 줬더라면 본인 좋아, 그 어머니 좋아, 마누라 좋아, 장인 장모 좋아, 모두들 다 좋지, 나쁠 게 뭐가 있었겠느냔 말이지. 문제는 그 인간이 하라는 공부를 안 하고 예전 버릇대로 빈둥빈둥 세월만 보낸 게 문제였던 거야. 더구나 늙은 엄마하고 삶은 시래기처럼 맨날 축 처져서는 궁상스럽고 우중충하게 살다가 젊고 활기찬 마누라 옆에 있지, 발랄 명랑한 처제들이 셋이나 있지, 우아하고 교양 있는 장모에다 처외조모까지 자기를 대접해 주지, 화사하고 생기 가득한 꽃밭에서 맘껏 노니는 거였지. 품위 있고 위엄 있는 선비 가풍에 머무는 것만으로도 자신이 가진 궁기나 군내에 산뜻한 방향제를 뿌린 기분이었을 거야.

그래서 나도 한동안 그 사람을 그냥 놔둔 거야. 그래, 사람 속에서 따스하게 불을 지펴라, 삭아진 열정도 되찾고 할 수 있다는 자신감에도 군불을 놓아라, 뜻과 꿈을 가진 늠름한 사나이로 다시 태어나라, 내 혼신을 다해 당신을 내조하리라. 내가 친정에서 받은 이 사랑, 이 온기를 내 마음 길을 따라 그대에게 전해 주리라. 인성에 맺힌 곳 없고 따라서 독한 구석도 없으니 당신 마음은 마치 흰 종이와 다를 바 없지 않느냐. 비록 나이는 꽉 찼다 해도 지금도 늦지 않았다. 본성이 참되다면 환경이 당신을 다시 세울 수 있으리라, 진정한 대장부로 다시 태어나게 하리라는 다짐으로 나의 내면도 불타 올랐더랬지.

그런데 손뼉도 마주쳐야 소리가 나고 젓가락도 두 짝이 있어야 음식을 집지. 나중에 돌이켜 보니 모두 헛짓이었어. 사람은 다른 사람을 통해 변하는 게 아니더라고. 더구나 머리 다 큰 성인은.

어쨌거나 신혼은 그렇게 빨리 가더군. 그간 아버지 초상도 치렀지, 새신랑 새신부가 강릉 친척들 인사만 다니는데도 하루해가 빠듯했거든. 그 사람은 한양 모친도 잊은 듯 엄마 따라 장 구경 나온 어린애처럼 연신 싱글벙글 재미지게 지냈어. 우리 아버지가 주저앉힌 거였지만, 그래도 그렇지 노모가 혼자 어떻게 지내실지 걱정도 안 되는지, 원래부터 혼자였던 사람처럼 그저 아무 생각 없이 신이 난 듯 보였어. 그렇게 본인은 천하태평인데 나는 슬슬 조바심이 이는 거야. 저렇게 하는 일 없이 시간만 보내서는 안 될 텐데 싶어서 말이야. 어린 나이가 아닌데다 장가까지 들어 이제는 한 여자의 남편이 되었잖아.

그래서 난 결심을 하고 하루 날을 잡아 둘이 마주 보고 앉았어. 그리곤 당신 과거 시험 어떡할 거냐고 단도직입적으로 물었지. 그렇잖아, 나이가 벌써 스물이 넘었는데 어릴 적부터 공부라곤 해 본 적이 없는 사람이니, 아무리 늦었다고 생각할 때가 가장 빠르다고 해도 그건 용기 있고 결단력 있는 사람한테나 해당하는 얘기지. 늦은 나이에도 불구하고 과감하게 시작을 했을 때 얘기고. 시작도 안 해놓고, 할 생각조차 안 품어 놓고는 늦은 것이 빠른 거라고 할 수는 없잖아.

그리고 과거시험이라는 게 한 두 해에 끝을 낼 수 있는 게 아니라 꾸준히 응시한다고 해도 최소 10년을 잡아야 할 일이거든. 왕초보, 생기초부터 시작해야 할 늦깍이 과거 지망생 주제에 도대체 언제까지 시작을 미루고 있을 거냔 말이지. 그런데 남편은 꼭 엄마 앞에서 꾸중 듣는 초등생마냥 내 앞에 머리 조아리고 앉아 있는데, 그 품새부터가 믿음을 주질 않더군.

여하튼 아무리 급해도 바늘허리에 실 맬 수는 없으니 우선 뜻부터 세우는 것이 중요했어. 이른바 방향 설정이 제대로 되면, 좀 늦더라도 그 길로 꾸준히 가면 되는 거니까. 어디로 가는 줄도 모르고 우왕좌왕했다간 뱅뱅 돌아 제자리거나 아니면 엉뚱한 곳에 가 있든가 할 거 아냐. 나는 나중에 아이들을 기를 때도 이 점을 중요시 여겼어. 뜻을 세우는 것, 입지(立志)란 그만큼 중요한 거야. 내가 어렸을 때 사임당이란 당호를 지은 것도 바로 내 삶의 방향을 그 이름 안에 아로새겨 놓는 의미였으니까."

사임당은 지금 입지에 대해 말하고 있다. 입지, 현대 언어로 하면 꿈이라고 할 수 있을 것이다. 일생을 통해 이루고자 하는 계획, 소망, 욕구, 야망 이것을 입지라고 한다면 그것은 어려서 세울수록 좋으리라. 그렇다면 태교가 입지의 출발이라고 할 수 있을 것이다. 한 생명의 온전한 자기실현을 위해서는 어머니가 대신 그 꿈을 꿔 주는 것에서 시작되어야 하지 않을까. 그리하여 아이가 세상에 들어오면 아이와 함께 그 꿈에 대해 대화하며 스스로 자기 꿈을 꿔 나가도록 무조건적으로 사랑하고, 칭찬하고, 격려하는 뒷받침이 따라 주어야 할 것이다.

인선은 꿈이 없었다. 아니, 꿈꾸는 방법을 몰랐다. 가족 중 누구도 인선의 꿈에 대해 물어 온 적이 없었고 대신 꿈꾸어 준 적도 없었다. 어느 누가 인선에게 입지를 세우라는 말을 귓등으로라도 한 적이 있었던가.

사임당이 여섯, 일곱 살 때부터 그림을 그리기 시작한 것처럼 인선도 어린 나이부터 글을 쓰기 시작했다. 실상 인선은 그림에 대한 재능도 뛰어났다. 사임당처럼 가정환경이 뒷받침되었다면 글보다 오히려 그림 쪽으로 두각을 나타냈을지도 모를 만큼. 그렇다면 왜 그림이 아니고 글이었을까. 무심하고 냉랭했던 가족들이 인선의 글재주에 대해서만큼은 관심을 보였다는 뜻일까. 그게 아니었다. 인선은 대 여섯 살 때부터 교도소에 계시는 아버지께 편지를 써야 했던 것이다. 어린 인선은 가족들로부터 사랑과 인정을 받을 수 있는 유일한 길이 옥중의 아버지께 편지를 쓰는 일이라 여기며 그 일을 20여 년간 줄기차게 이어갔다.

한글을 터득하자 편지를 쓰게 된 것이 아니라, 편지를 쓰기 위해 한글을 터득했다는 점에서 인선의 몸에 밴 편지의 시간은 '글쟁이 인선'의 20년 습작기간이기도 했다. 인선은 몇 년 전 어느 매체에 이런 글을 쓴 적이 있다.

> 아주 둔한 아이가 아닌 이상, 하려고만 하면 학교 들어가기 전에 한글을 떼는 것이 독별난 것도 아니지만 제가 초등학교 입학 전에 한글을 배운 이유는 좀 독별난 데가 있습니다.
> 전에 밝혔듯이 2년 전에 돌아가신 제 아버지는 1968년 통일혁명당 사건으로 무기형을 선고받고 20년 20일을 복역한 후 1988년 광복절 특사로 가석방되셨습니다.
> 아버지가 기한 없는 옥살이를 시작하셨을 때 막내였던 저는 너댓 살 정도였는데 제가 한글을 배운 것도 그 무렵 아니면 그 다음 해였던 것 같습니다. 아마도 감옥에 계시는 아버지께 편지를 쓰게 하려고 엄마와 언니가 제게 한글을 가르쳤지 않나 싶습니다.
> 같은 사건으로 제 아버지와 함께 복역하면서 가족에게 써보낸 서한을 모은 성공회 대학 신영복 교수의 『감옥으로부터의 사색』이 있듯이, 제게도 대여섯 살부터 시작하여 거의 매주 20년을 이어온 서한집 '감옥으로의 사색'이 출간되지 못한 채 지금

껏 가슴 한편에 남아 있습니다.

대여섯살 작은 계집아이의 눈을 통해 남편과 아버지 없이 살아가는 가족들의 모습이 기록으로 남겨지기 시작한 이후, 전달자가 10대 사춘기와 20대 청춘을 통과하는 내내 감옥 이편과 저편을 넘나드는 소식은 줄기차게 이어졌습니다.

솔직히 여섯 살에 시작하여 스물여섯에서야 그만둘 수 있었던 '편지질'은 어린 나이에 당한 혹독한 형벌이자 끝없는 고통이며, 기껏 좋게 말해봤댔자 극기 훈련 같은 자신과의 싸움거리였습니다.

특히 시험기간이나 몸이 아플 때, 친구들과 놀고 있을 때도 '편지를 써야 한다.'는 중압감은 항상 저를 짓눌렀습니다. 맘 편하고 개운하게 지낸 기억이 지금껏 별로 없는 걸 보면 "편지 없는 세상에서 살고 싶다."는 절규가 맘속에 늘 끓고 있었던 것 같습니다.

하지만 결국 그것이 밑거름이 되어 지금은 남한테 읽히는 것을 목적으로 하는 글 나부랭이라도 쓸 수 있게 되었음을 인정하지 않을 수 없습니다. 남다른 훈련의 결과로 내 속의 재능이 드러나게 되었고 그것이 개발되어 작으나마 어떤 성취를 가져왔다고 해야 할까요.

인선이 사임당의 남편 이원수에게 연민과 동정을 느낀다면, 바로 이 부분이었다. 그도 자신도 새로이 꿈을 꿔야 할 처지에 있었던 것이다. 따라 주었든 말든 이원수는 대신 꿈을 꿔 줄 수 있는 아내를 만난 것에 비해 인선에게는 지금까지 그 누구도 없었다.

하지만 인선에게도 진정한 자아를 비춰 볼 기회가 아주 없었던 것은 아니었다. 대신 꿈을 꿔 준 사람이 있었다면 있었던 것이다. 그는 다름 아닌 지금 막 헤어진 남편이었다. 남편은 연애 시절 인선에게 당신은 원래 백조인데 미운 오리 새끼의 자화상을 가지고 있다는 말을 했다. 그러면서 남편은 "자기가 백조인지도 모르는 당신, 내가 당신을 미운 오리 새끼에서 백조로 자화상을 되돌려 드리리다." 그것은 남편의 또 다른 프러포즈였다.

그러나 정작 남편은 인선에게 어떻게 했던가. 백조는커녕 오리를 오리인 채로, 그나마 미운 오리 새끼로도 두질 않았던 것이다. 오리의 물갈퀴를 갈기갈기 찢어서 스스로 헤엄지지 못하게 만들었던 것이다. 말하자면, 인선을 오리는 고사하고 닭 취급했던 것이다. 닭이 오리보다 열등한 존재라는 가정하에.

물론 그가 그렇게 의도했다는 뜻은 아니다. 그의 무의식이 인선의 무의식을 먼저 간파했을 뿐이었다. '백조의 정체성을 가진 여자가 어떤 연유로 마법에 걸렸는지 자신을 밉살스런 오리로 여기고 있다. 내가 저 여자를 백조로 다시 돌려놓기보다는 오리로 살도록 내버려 두는 것이 내게 유리하지 않을까, 내가 길들이기엔 백조보다 오리가 한결 수월할 것이니.' 이것이 남편의 무의식적 속셈이었다고 할지.

아니면 '자신을 무수리인 줄 아는 저 여자에게 너는 사실 공주였다고 정직하게 말해 주었다간 그때부터 공주 대우를 해 줘야 할지 몰라. 그렇게 되면 나한테 이로울 것이 뭐가 있겠나?'라며 내면의 자신에게 속삭인 것은 아닐까.

그러나 더 생각해 보면, 남편은 인선에게 백조의 정체성을 되찾아 줄 능력이 애초에 없었다. 그는 왕자가 아니었고, 백마 탄 왕자는 더더구나 아니었다. 또 반복하자면, 그는 초라하고 유약하고 낮은 자존감에 휘청대는 무기력한 소년이었을 뿐이다. 그 또한 아내 인선처럼 누군가가 대신 꿈을 꿔 주고 일생의 입지를 세우는 데 도움이 필요했던 자라지 못한 어린 묘목에 불과했던 것이다.

차라리 인선의 그릇이 컸고, 인선의 인품, 잠재력이 훨씬 컸다. 그가 아내 인선을 짓누르고 싶었던 것은 자기의 작은 그릇에 대한 불안감 탓이었을 것이다. 마치 선녀가 하늘로 날아오를까 노심초사하면서 날개옷을 감춰 둬야만 했던 나무꾼처럼 그도 인선에게 열등감을 감추고 숨겨야 했던 것이다. 하지만 선녀가 그랬듯이 인선도 자신의 날개옷을 그가 감추고 있다는 것을 처음에는 몰랐다.

"그래서 내가 남편에게 제안을 했지. 지금부터 10년 잡고 공부에 매진하라고. 아동기 때 마치는 소학부터 다시 차근차근 공부하라고. 부지런히 정진하면 과거에 응시하기까지 10년이면 될 거라고. 그러니 우린 10년 후에 만났을 인연이라 생각하고 지금부터 떨어져 지내자고. 인내심과 의지를 가지고 부디 열심히 정진하여 한 가정의 존경받은 아버지와 지아비로 우리 가정을 안정되고 굳건하게 지켜 달라고 간곡히 당부했어.

남편도 차츰 비장하고 결연한 표정을 짓기 시작하더군. 안 그렇겠어? 혼자 몸으로 그럭저럭 시간 때울 때하고는 처지가 달라졌잖아. 그리고 아내는 엄마가 아니잖아. 응석이나 게으름 다 받아 주던 엄마는 이제 잊어야 하잖아. 그리고 곧 아이들도 태어날 거고. 난 그때 큰애를 뱃속에 가지고 있었거든. 모든 사정이 이렇게 급한데 정신을 차려야겠다고 자기라고 왜 생각 안 했겠어? 장인도 그렇게 일찍 허망하게 돌아가셨잖아. 책임지고 자식 공부시켜 주마고 약속했던 사돈이 돌아가신 마당에 한양 어머니 걱정도 더했으면 더했지, 덜할 리가 없지. 이래저래 어깨가 무거웠을 거야.

그까짓 과거 시험, 내가 대신 봐 줄 수만 있다면 열두 번도 붙고 남았지. 공부만큼 재미있고 쉬운 것이 어디 있어? 공부의 상대는 나 자신이잖아. 나를 대하는 데 나만큼 잘 아는 사람이 있겠냐고. 다른 모든 일은 다른 상대가 있는 일이잖아. 다른 상대가 있는 일은 내 힘으로는 할 수 없는 부분이 엄연히 존재하니까. 나 역시 남편이라는 나아닌 상대를 마주하니 설득하고, 어르고, 때로는 부모처럼 엄하게 꾸짖기도 하면서 이제부터 사람 만들려면 무던히 속을 끓이겠구나 싶더라고. 근데 시작도 못해 보고 모든 게 다 허사가 되어 버렸던 거야.

어쨌든 그날은 담판을 지어야겠다는 생각이었어. 그랬는데 남편도 순순히 그렇게 하겠다고 하는 거야. 얼마나 고맙고 기뻤던지. 역시 기회가 없었고 환경이 나빴던 거지, 이제 본인 의지만 있으면 얼마든지 할 수 있다는 확신이 들더라고. 꾸물댈 거 뭐 있겠어? 마음 바뀌기 전에, 쇠뿔이 식기 전에 얼른 실행에 옮겨야지.

일사천리로 집안 어른들께 인사드리고 이튿날 짐을 꾸려 집을 나서도록 독촉했지. 아버지가 굽이굽이 넘던 대관령 고갯길을 이제는 신랑이 넘는다 생각하니 마음이 싸해지더군. 그 길을 따라 장가들러 올 때 마음하고야 같을 리가 없고, 총기 넘치는 각시하고 다정한 처가 식구들하고, 북적대는 사람 훈기로 그간의 외로움이 메워지나 하던 차에 한시적이나마 다시 혼자가 된다는 것이 어디 쉬웠겠어? 나 역시 막상 신혼의 남편이 떠난다 하니 그간 의지가 안 된 건 아닌지, 내색은 안 했지만 그렇게 서운할 수가 없는 거야.

그래도 내가 마음을 모질게 먹어야 저 사람이 일어선다는 각오로 말이 10년이지, 당신이 하는 것에 따라 3년이면 끝날 수도 있다고 다독였지. 과거 시험이 3년마다 있으니 죽자고 공부해서 첫 번에 붙어 버리면 된다는 소리였는데, 말은 그렇게 했지만 그 말을 믿지 않은 건 그 사람뿐 아니라 나도 마찬가지였어. 그래도 그렇지, 3년 만에 시험에 붙기는커녕 3년 만에 완전히 포기할 줄은 정말 몰랐어. 지금 생각하면 3년간이라도 준비를 제대로 했을 리가 없었을 거야. 어쨌거나 3년 후부터는 아예 시험을 보지 않았으니까.

어쨌든 그렇게 남편은 한양으로 떠났어. 일단 한양으로 가서 어머니를 찾아뵙고 여차저차 과거 준비를 하겠으니 어디 호젓한 곳으로 떠나 있겠다고 말씀드리라고 했지. 모든 비용은 돌아가신 아버지가 약속한 대로 우리 쪽에서 대기로 했으니, 시어머니께 경제적 부담은 지어 드릴 일이 없었어.

그렇게 문가에 서서 배웅을 하고 섰는데, 갑자기 다리에 힘이 하르르 빠지는 거야. 그 사람의 뒷모습이 점점 멀어지다가 마침내 언덕 너머로 사라지는 것을 보는 순간, 나도 모르게 눈물이 와락 쏟아졌어. 내가 그 사이 남편과 정이 많이 들었었나 봐.

그렇게 남편을 보낸 후 허전한 마음을 추스르려고 화선지를 끌어당기고 먹을 갈기 시작했어. 손목은 부지런히 벼루 위에 원을 그리고 있었지만 마음은 멍하니 허공에 떠 있는 듯한 거야. 내 아무리 여자치고는 독하다 해도 어쩔 수가 없더라고. 이러면 안 되지, 내가 제안한 일이 아닌가. 내가 이러면 먼 길 가는 사람 발 붙드는 일이지, 조금만 참자. 조금만 참으면 서방님이 과거에 급제해서 번듯하게 집안 살리고 자식들하고 오순도순 살날이 머지않아 올 것이라고 나를 다독이고 그 양반을 다독였지.

그렇게 그날 저녁 해가 저물어 가는데, 이 양반이 지금 어디쯤이나 갔을까 가늠을 해 보려고 해도 도무지 짐작도 가지 않는 거야. 나라고 어디 그때까지 강릉을 벗어나 본 적이 있었어야지. 날이 어두워지기 전에 요기를 하고 몸 누일 곳을 찾았는지, 혹시 적당한 주막을 그냥 지나쳐서 낭패를 보는 건 아닌지……. 이런저런 상념이 끝이 없이 이어지고 있는데, 갑자기 문 안으로 누가 성큼 들어서는 거야. 어둑어둑 해질녘이라 사물을 분간하기 힘든데다 집에 남자가 없으니 무서움증이 올라오는 순간, 애고머니나, 이게 누구야? 거창하게 작별 인사하고 아침에 떠난 신랑이 거기 서 있지 뭐야? 도대체 이게 무슨 일이지 싶어 가슴이 쿵 하고 내려앉는데, 이 양반이 어디를 다쳤든가, 아니면 중요한 걸 두고 갔든가, 무슨 일이 나도 단단히 났다 싶더라고.

근데 쿵쾅대는 내 가슴 고동과는 너무나 대조적으로 그 양반 얼굴에 비시시 겸연쩍은 웃음이 번지는 거라. 일단 불상사는 아니라는 직감이 들면서 우선 안도를 했지. 그럼 도대체 무슨 연유란 말인지? 설마 뒤가 보고 싶어 되돌아왔을 리는 없고, 잠자리를 마련하지 못했다 쳐도 길 잠을 잤으면 잤지, 설마 하루 걸음을 허탕으로 칠 바보가 어디 있을까 싶더라고. 그런데 그 양반이 돌아온 이유는 그 어떤 추측보다 황당했지. 아, 글쎄 도저히 자신이 없어서 되돌아왔다는 거야. 그냥 나 여기서 당신하고 살면 안 되겠냐고, 태어날 아기하고 우리 세 식구 알콩달콩 살자고, 제발 여기서 살게 해 달라고 곧 눈물이라도 쏟아내게 생겼던 거야.

정말 기가 막히더라고. 내가 남편을 잘못 만났다는 게 그때 처음으로 실감이 나더군. 그 후론 계속 그랬고. 그러니 어떡해? 날은 이미 완전히 어두워졌으니 다시 방으로 들일 수밖에. 밥상을 들여놔 주니 얼마나 허기가 졌는지 허겁지겁 밥그릇을 비우더라고. 노심초사한데다가 빈속이 차니 숟가락을 놓자마자 곯아떨어지는 거야. 그러니 더 이상 뭘 따지고 다그치고 할 새도 없이 나도 옆에서 일단 잠을 청했어.

하지만 잠이 올 리가 있어? 속이 얼마나 상하던지 거의 뜬눈으로 새우고는 다음 날 새벽이 됐는데, 이 양반이 일어날 생각을 안 하는 거라. 내 생각으로는 어서 일어나서 아무 일 없었다는 듯이 다시 길을 떠나면 좋겠더구만 정작 본인은 소풍 다음 날 피곤에 쩐 아이처럼 꿈쩍을 안 해. 아버지 돌아가신 지 얼마 되지 않았을 때라 어머니 상심도 크실 때니까 이런 일까지 알게 해 드리고 싶지 않았거든.

그러니 어머니 모르실 때 어서 갔으면 싶었는데 저러고 천하태평이니, 기어이 어머니도 아시고 말았지. 당신도 나만큼이나 놀라고 실망하셨을 텐데도 속마음을 숨기고는 신혼에 예쁜 각시를 두고 떠나려니 오죽했겠냐며 사위가 무안하지 않게 우선 다독이시더라고. '며칠 쉬었다 다시 용기를 내 보게.' 하면서 말이야. 그렇게 또 며칠이 지났는데 이 양반은 그냥 주저앉을 심산인 거라. 안 되겠다 싶어 다시 다그쳤지.

그렇게 해서 또 길을 떠나는가 싶더니만 이후로 돌아오기를 세 차례나 반복했어. 집안 어른들께 면목 없고, 동생들한테 창피하고, 동네에 소문날까 봐 겁나더라고. 처음 돌아왔을 때는 이대로 떠났다간 내가 보고 싶어 못 견딜 것 같아서라고 하더니, 두 번째는 과거고 뭐고 자기는 공부할 자신이 없고 그냥 농사를 짓든 장사를 하든 당신과 태어날 아이들 밥은 안 굶길 테니 그저 평범하게 살고 싶다는 거야. 그 말을 들으니 측은하더군. 하지만 나는 그때 젊었기 때문에 본인의 의지만 있으면 뭐든 할 수 있다고 믿을 나이였거든. 말하자면 노오~~력만 하면 뭐든 할 수 있다고 믿었다는 거지.

더구나 본인 뒷바라지는 물론, 제 식구 생활비까지 처가에서 다 대 준다는데 시도도 안 해 보고 그냥 포기한다는 건 너무 허망하잖아. 돌아가신 아버지가 나를 위해 그렇게까지 힘써 주신 데다, 자기 또한 아버지 없이 자란 자식이 장인 사랑이라도 받길 원해서 선뜻 양보하신 어머니께 면목 없는 일이지 않았겠어? 떨어질 때 떨어지더라도 한번 해 보고 그만둬도 되는 거 아니냔 말이야. 어떻게 시도도 안 해 볼 거냔 말이지. 아무리 생각해도 그건 아니다 싶더라고. 내 자존심이 용납하질 못했어.

하지만 늦었다 할 때가 가장 빠르다는 말 대신에 늦었다 할 때가 진짜 늦은 때라는 우스갯소리도 있잖아. 객관적으로 봤을 때, 과거를 보기에 그 사람은 이미 늦은 나이였어. 하물며 늦깍이 주제에 이렇게 의지박약한데다가 천하태평 기질까지 합세해설랑은……. 처음부터 안 될 일이었던 거야.

그렇게 두 번째 돌아왔을 때 어린아이 다루듯 친정어머니까지 간곡히 타이르고 당부하고 했는데, 세 번째 되돌아왔을 때는 실망감이 어찌나 깊은지 꼴도 보기 싫어지는 거라. 그래서 내가 글쎄 이런 으름장을 놨지 뭐야? 딴에는 최강수를 둔 거였지.

'당신이 그렇게 의지가 약하니 나는 당신을 지아비로 믿고 살 수가 없겠습니다. 차라리 저는 당신을 떠나 절에 들어가 중이 되겠습니다.' 하고는 비녀를 끌러 머리채를 풀어 내렸어. 가위로 그 긴 머리를 숙덕 자를 태세를 취하니 이 양반이 질겁을 하고 말리는 거야. 내가 잘못했다고, 내 다시 길을 떠나 이번에는 기필코 좌정하여 공부에만 전념하겠다고. 내, 참. 그 따위 머리칼이 뭐길래.

드디어 내가 원하던 말이 그 사람 입에서 나온 거야. 그런데 나중에 보니 그건 본인의 의지와는 아무 상관없는 말이었던 거야. 되는 대로 튀어나온 소리였을 뿐. 어쨌거나 그길로 길을 떠나기는 떠났는데, 그 길이 곧 우리 부부의 이별 길이었지. 우리 두 사람은 다시는 만나지 못할 갈림길을 선택하게 된 거였어. 몸은 만나도 마음은 결코 만날 수 없는 심리적 이별 길 말이야. 등 떠밀려 마지못해 떠난 그 길에서 그 사람은 자기 인생을 놓아 버린 것 같아. 마치 모든 걸 포기한 사람처럼 말이야.

역사에 만약이라는 가정은 무의미하다고 하지만 그래도 만약에, 만약에 말이야. 그 사람이 도저히 공부에 자신이 없다며 세 번씩이나 되돌아왔을 때 내가 그냥 받아 주었더라면 하는 생각이 들 때가 있어. 그때는 그것이 최선이라고 판단했기 때문에 후회까지는 아니지만……. 만약 그랬더라면 그 사람이 원했던 대로 가족이 오순도순 화목하게 살 수도 있었을 텐데, 돌이켜 보면 나의 고집으로 인해 그 사람도 나도 평범한 행복을 놓치고 만 거지. 둘 다 아이들에게 죄를 진 거고.

가정을 지키지 못한 것에는 그의 책임이 절반, 나의 책임이 절반이었다고 생각해. 그 사람은 천성이 나쁜 사람이 아니었기 때문에 있는 그대로 그를 인정하면서 관심과 애정을 보여 주었더라면 그렇게까지 망가질 사람은 아니었을 거야. 무슨 일을 해서라도 적어도 처자식 굶길 사람은 아니었는데……. 과거 시험을 보고 출세하라고 내가 그렇게 몰아붙이지만 않았어도 소박하게 자족하며 살 수 있었던 사람이었는데……. 결국 남편도, 나도, 아이들도 갈 길을 잃고 불행으로 몰리게 된 데에는 내 책임이 더 크다는 생각이 문득문득 들곤 했어. 원수가 따로 없다며 한 번씩 속이 뒤집어지다가도 말이야.

남편은 아마 세 번째 길을 떠나면서 자포자기했지 싶어. 남들은 여덟 살 때부터 준비하는 과거를 21살이나 되어서, 거기다 장가까지 든 사람이 기초부터 시작하려니 얼마나 아득했겠어? 한두 해도 아니고 최소 10년을 잡아야 하는 일인데다 10년도 그냥 10년이 아니잖아. 10년을 하루같이 책과 씨름해야 하잖아. 원래 의지가 굳은 사람이었다면 그 나이까지 빈둥거리고 시간을 보냈을 리가 없잖아. 아무리 옆에서 관심과 정성으로 돌봐 주는 사람이 없었다고 해도. 태생이 홍시처럼 무른 사람한테 갑자기 호두나 밤 껍질같이 단단해지라고 요구하는 건 무리였을 거야. 내 성격은 한다면 하는 성격이라 다른 사람들도 나처럼 다 마음만 먹으면 할 수 있는 줄 알았거든. 사람은 모두 다르다는 걸, 사람에 따라 불가능한 일도 있다는 걸 그때는 젊어서 몰랐어.

여하튼 죽자고 공부를 파도 시원찮을 양반이, 그길로 여자 거시기를 들입다 파기 시작했던 거지. 시작도 하기 전에 머리 꼭대기까지 시험 스트레스를 받으면서 심리적 압박감을 스스로 주체하기 어려웠을 것도 같아. 실상은 아무 목적도 희망도 없이 발걸음도 무겁게 터벅터벅 한양으로 올라갔겠지? 그러면서 자기는 자기대로 장가 잘못 들었다는 신세한탄이 들기 시작했겠지? 똑똑한 여잔 줄 몰랐던 건 아니지만 저렇게 드세서야 남자 신세 망치기 딱 좋다며 원망도 되고, 무시당한 기분도 들고, 못 이기는 척 말려 주지 않은 장모에 대해서도 스멀스멀 야속함이 올라왔을 거고. 마누라와 처가 식구들에게 체면을 구기고 무안을 당했으니 야무지지 못한 자신에 대한 자괴감도 들었을 거고…….

그런 복잡한 마음과 머리로 당도한 곳이 어느 주막이었을 테고, 그런 자신의 마음을 읽기라도 한 듯 조르르 달려 나와 반가이 맞아주는 주막 여자가 전에 없이 살가워 보였겠지. 그러니 에라 모르겠다, 하고 얄미운 마누라 복수하는 마음으로 하룻밤 오입을 했을 것이네. 억눌릴 대로 억눌린 심적 압력이 성을 통해 배출의 통로를 찾았을 테지. 그러고 나니 그간의 긴장감도 스르르 풀렸겠지? 인생 뭐 있나, 이래도 한세상, 저래도 한세상이라며 이미 엎질러진 물, 아니 쏟아낸 정액이라며 스스로를 합리화했겠지.

'지들이 원했으니 마누라를 처가에 두기만 하면 평생 먹고 살 거야 지들이 알아서 해결해 줄 거고, 나야 손해날 것 없지. 지금처럼 내 마음대로 살다가 생각날 때 찾아가 보듬어 주면 될 거란 말이지. 똑 부러지게 잘난 마누라니 무엇 하나 허투루 할 리 없을 거고, 물론 애들도 잘 키울 거고, 나야 뭐 지들이 밀어냈으니 나만 잘 살아 줘도 고마운 일일 테고.' 요런 되잖은 생각과 말을 주막 여자의 젖가슴을 헤집으며 횡설수설 늘어놓았을 테고……."

사임당 스스로도 내비친 말이지만, 사임당만 남편을 잘못 만난 것이 아니라 이원수도 아내를 잘못 만난 거란 생각이 드는 것을 인선도 어쩔 수 없었다. 신사임당은 이원수보다 훨씬 큰 그릇이었다. 작은 그릇은 큰 그릇과 아무리 겨뤄 보려고 해도 결국 그 안으로 빠질 수밖에 없다. 또한 큰 그릇은 작은 그릇 위에 포갤 수 없을뿐더러 포개 놓는 순간 뭉개고 깔아 앉은 형상이 되는 것이다.

인선도 남편보다 큰 그릇이기 때문에 남편은 스스로 작아져 옹졸한 마음을 품게 되었을 것이다. 사임당의 말대로 두 남자가 자기에게 맞는 그릇의 배우자를 만났다면, 자기 그릇이 아내보다 좀 더 커서 품어 줄 수 있었더라면, 그랬다면 두 여자와 두 남자의 인생이 본래 모습대로 펼쳐졌을 것이다. 결국 불행은 네 사람 모두에게 고루 돌아갔고, 고통의 분량도 네 등분으로 나눠진 것이었다.

"그길로 남편은 총각 때 살던 방식으로 돌아간 것 같아. 아무한테서도 간섭받지 않으면서 자기 멋대로 살던 그 시절로 말이야.

그렇게 남편은 이따금 집에 들러 내 배에 씨를 뿌리고는 또 훌쩍 떠났어. 남편이 공부를 아예 접었다는 건 첫 과거 응시 때 짐작을 했지만 무얼 하며 지내는지 알 수가 없으니 다그칠 수도 없었고, 이미 부부의 마음은 서로 멀어질 대로 멀어져서 타협점이나 해결 지점을 찾지 못한 채 각자의 길을 갈 수밖에 없었어.

이렇게 우리 부부 사이는 잘못 꿴 단추처럼 돌이킬 수 없이 어긋나 있었음에도 나를 남편 잘 봉양하고 아낌없는 내조를 한 사람으로 역사가 묘사하고 있는 것이 황당한 거야. 무늬만 부부일 뿐 벌써 십 년 넘게 별거 생활을 하고 있는데 무슨 남편 봉양이며 내조 타령이냐고. 그 사람은 이미 정을 통한 술집 여자와 살림을 차린 데다 그 여자한테 얹혀살고 있었어. 우리 가정은 이미 풍비박산이 난 상태였어. 처가에 손 벌리기엔 자기도 터럭만 한 염치나 알량한 체면이 있었는지, 공부를 그만둔 후엔 돈 달라는 소리도 아예 안 했어.

그래, 다 좋다 이거야. 그런 엇나감에 대해 이해는 되니까. 하지만 지금껏 내 마음이 아픈 건 두 가지 때문이야. 가족의 미래를 짊어진 가장으로서 처가에서 뒷바라지 해 준다 할 때 차근차근 준비만 하면 될 공부를 무책임하게 팽개친 것과, 마치 내가 죽기를 기다렸다는 듯이 냉큼 재혼을 해 버린 일이야. 나는 이 두 가지 이기적인 남편의 태도에서 실망을 넘어 분노를 느끼게 되었던 거지.

하지만 어쩌겠어? 그는 그렇게 생겨 먹은 사람이고 나는 또 이렇게 생겨 먹은 사람이었으니까. 한마디로 서로 안 맞았어. 인생관과 가치관에서 너무 안 맞았던 거야.

남편과 사실상 그렇게 별거 상태가 되어 버리니, 시어머니하고도 자연히 멀어졌지. 시어머니 입장에서는 며느리를 봤으되 안 본 거나 다름없었지. 죄송한 일이었지만, 나 역시 남편이 있으되 없는 것과 매한가지이니, 나도 새끼들 데리고 밥술이나 얻어먹으려고 그냥 친정에 눌러살게 되었고 시어머니가 연로하셔서 더 이상 스스로 못 끓여 잡숫게 되셨을 때에야 율곡이 데리고 대관령을 넘었지. 비로소 시집살이를 시작하게 되었어."

남편과 서로 안 맞았다는 사임당의 탄식 속에 표현 이상으로 많은 이야기가 담겨 있다는 것을 인선은 짐작할 수 있다. 내가 맞고 네가 틀린 것이 아니고, 내가 틀리고 네가 맞은 것도 아니다. 다만 서로 맞지 않았을 뿐이다. 인간관계란, 특히 부부로 맺어진 인간관계란 그렇게 무 자르듯 문제를 이편저편으로 가를 수가 없는 것이다.

사임당의 남편 이원수도 자기 품에 쏙 안기는 아낙을 맞아들였더라면 넉넉히 지아비 노릇, 애비 노릇을 했을 것이며, 아침에 가족들 배웅을 받으며 일을 갔다가 저녁에 당당하고 떳떳하게 따스한 밥을 먹고 마누라 궁둥이 두들기며 따사로운 잠자리에 들 수 있었을 것이다. 그렇게 무난하게 한평생 보낼 만한 심성은 되는 사람이었다.

다만 사임당의 인품이 그보다 월등히 고결했고 사임당의 재주가 지나치게 빼어났고 사임당의 능력이 출중했을 뿐이다. 그것은 누구의 잘잘못이 아니었다. 굳이 탓을 하자면 남자가 여자보다 무조건 우월하다고 믿는 근거 없는 당시의 지배 이데올로기, 즉 유교 문화 탓이라 할 수 있지 않겠나.

한마디로 이원수는 사임당에게 열등감을 느꼈을 것이고, 아내에 대한 자격지심으로 괴로워하면서도 정신적으로는 아내에게 의지했을 것이다. 그는 자의식 약한 어머니 밑에서 난간 없이 외로이 자란 사람이었고, 따라서 정서적 · 심리적 허기로 늘 허덕이던 사람이었을 것이다. 그러다 사임당을 아내로 맞이한 후엔 전적으로 아내를 의지하게 되었을 것이다. 사임당이 두렵고 어려워 감히 가까이 가지 못한 채 주변을 맴돌면서도 한시도 아내의 영향력에서 벗어나지 못했을 것이다. 그에게 아내는 내면의 초자아적 존재로 충동에 끌리는 자신을 다그치고 야단치는 존재였을 것이다. 비록 도달할 수는 없지만, 자신을 바른 길로 인도하는 이정표였을 것이다.

이원수의 재혼은 사임당에 대한 무의식적 반란의 표출이 아니었을까. 그렇지 않고서야 상스럽기 짝이 없는 여인을 아내로 맞아들일 것까지는 없었을 테니. 그렇게 생각하면 너무나 고결하여 감히 범접할 수 없는 아내 대신 술집 여자를 제 멋대로 주무르며 무너진 자존심을 다시 세우고 싶었을 그를, 인선은 이해할 수 있을 것 같았다.

이원수는 전에는 몰랐던 자아 분열적 내면 갈등을 사임당으로 인해 경험하게 되었고, 사임당이 세상을 뜸과 동시에 오랫동안 억눌려 왔던 충동적 본능에 무너져 내렸다. 또한 한 여자의 지아비로 인정받고 존경받고 싶었던 마음 깊은 곳의 목마름이 아내의 죽음으로 영원히 채워질 수 없다는 것에 이르자, 그 결과는 딴살림을 차리고 살던 여자에게 냉큼 안방을 내주는 것으로 나타났다.

사임당이 그 일을 예측 못했을 리는 없다. 그럼에도 그녀는 유언처럼 남편에게 마지막 호소를 했다. 뭐든 거꾸로 하는 청개구리 아들을 둔 개구리 엄마의 유언처럼 차라리 이원수에게 사임당이 바로 새장가를 들라고 적극 권했더라면, 그랬다면 평생 아내에게 눌려 살면서 어깃장을 놓고 싶었을 이원수가 그 일에 대해서도 거꾸로 행동하지 않았을까 하는 부질없는 생각마저 들었다.

인선의 남편 역시 인선에게 열등감과 피해의식을 가지고 있었다. 인선 남편의 열등감 표출은 교묘한 방식으로 일어났다. 인선의 남편은 심리적으로 인선을 기만했다. 사임당의 남편은 아내의 그림 실력만큼은 동네방네 자랑을 하고 다녔다고 했지만, 인선의 남편은 반대로 아내의 재능을 눌렀다. 선녀의 날개옷을 감춘 나무꾼처럼 아내의 날개옷을 부정해 왔던 것이다. 자신의 날개옷이 분명히 있었다는 것을 알고 있는 인선에게 그 날개옷은 원래 없었다거나, 있어도 무가치한 것이란 걸 은연중에 주입했던 것이다. 그는 인선에게 다른 여자들처럼 남편과 자식 뒷바라지로 대리 만족과 삶의 의미를 느끼길, 그렇게 해서 나무꾼의 오두막에서 영원히 행복하자며 속삭였다. 미운 오리 새끼를 백조로 만들어 주겠다는 꾐에 빠져 인선은 자신의 날개옷을 남편에게 내맡겼다. 그러나 남편은 그 날개옷을 쥐어뜯어 가며 백조는커녕 아예 날지 못하는 닭으로 주저앉혀 버렸다. 그렇게 25년의 세월이 흘러갔고, 남편은 정기적으로 인선의 날개옷을 훼손했다. 남편은 결혼 생활 내내 주기적으로 인선에게 입에 담지 못할 폭언과 폭력을 가했던 것이다.

"나 죽고 10년을 더 살았던 남편은 평생 해야 할 고생을 그 10년 동안 몰아쳐 하게 되었을 거야. 그 여자 성이 권가였는데 하도 신물이 나서 권가 집구석이라면 뒤도 돌아보고 싶지 않을 정도로. 우선 애들 앞에 망신도 그런 망신이 없었을 테니까.

한 가지 후회되는 것은 내가 곧 죽을 것 같은 예감이 들어서 당부 삼아 그 사람한테 다짐해 둔 게 있는데 그게 화근이 되었지 싶어. 평소 나만 보면 주눅 들어 살던 양반이었으니 그 무렵에는 내가 무슨 말만 꺼내도 신경이 예민해지곤 했거든. 내 딴에는 조근조근 짚어 가며 조언을 한 건데도 그 사람 보기엔 마누라가 남편 앞에서 따지고, 주제넘게 가르친다고 생각했던 거야. 그러니 내 말이 죄다 고깝게 들렸던 거지. 나의 쓴 소리가 결국 자기 몸에 이롭다는 걸 아예 부정하고 싶었던 거겠지. 남편은 앞뒤 분간 못하고 세상 돌아가는 것에 대해서도 눈이 어두워서 즉석에서 결정하고 충동적으로 처리하는 습관이 있었어. 그래서 내가 몇 마디 해준 것뿐이었는데 그걸 두고두고 마음에 새겼던 모양이야.

그 사람 오촌 아저씨가 높은 곳에서 한자리하고 있을 때였는데, 그 옆에서 자꾸 알짱거리면서 고물이라도 떨어지면 찍어 먹으려고 치사스럽게 굴길래, 실력으로 벼슬을 하는 양반들도 잘못 엮이면 추풍낙엽이 되는 세상인데 하물며 친척 배경으로 자리를 얻어 얼마나 버틸 수 있을 것 같으냐고 따끔하게 한마디 했지. 내 말을 안 듣기에는 스스로의 판단력이 부족하다는 걸 본인도 잘 아니까 알았다고 하면서 마지못해 마음을 접더라고.

아닌 게 아니라 곧 사달이 나서 관련된 사람들이 모두 고초를 당할 때도 이 사람만은 화를 면했어. 이렇게 마누라 시키는 대로 하면 손해날 일이 없다는 것이 드러날수록 고까운 마음은 점점 더 고개를 들었던 모양이야. 그러기에 나 죽기 전에 이런 대화가 오갔던 거지. 들어 봐.

'당신, 만약 내가 죽으면 새장가 들 생각인지요?'

'아니, 그게 무슨 뜬금없는 소리란 말이요? 당신이 죽는 건 뭐며, 새장가는 또 무슨 난데없는 소리요.'

'묻는 말에만 답해 봐요. 새 여자를 들일 건지, 말 건지.'

'허허. 그걸 지금 말이라고 하는 거요?'

'빈말이라도 아니라고는 안 하시네요. 그렇다면 나도 다짐을 받아야겠어요. 새장가 가지 마시구려.'

'이 사람이 점점……. 도대체 무슨 뜻으로 그런 말을 한단 말이요?'

'무슨 뜻이나 마나, 당신은 새 장가를 들 명분이 없는 사람이에요.'

'그건 또 무슨 소리요? 까놓고 얘기하자면 마누라가 멀쩡히 살아 있어도 첩을 들일 수 있는 세상에서 죽어 딴 세상에 간 사람이 무서워 재혼을 안 한단 말이요?'

『예기』를 보면 아들이 없거나 손이 가는 어린아이가 있지 않다면 굳이 새로 혼인하지 않아도 흠이 되지 않는다고 했습니다. 우리 집이 꼭 그렇지 않습니까? 아들이 넷이나 있고 막내가 여덟 살이니 돌봐 줄 계모가 필요 없다, 이 말입니다.'

'그래서?'

'그래서는 무슨 그래서예요? 나 죽은 후에 새장가 들지 말란 소리지요.'

'천하의 사임당이 나같이 못난 남편한테 지금 사정을 하고 있는 모습이구려. 죽을병이라도 걸리셨나?'

'이죽거리지 말아요. 당신 얼굴 보기가 힘들어서 만난 김에 내 딴엔 중요하다고 여겨 맘 잡고 말을 꺼내고 있는 중이니까.'

'유식한 당신하고 내가 상대가 되지도 않겠지만, 당신이 먼저 『예기』를 꺼냈으니 얘기를 해 봅시다. 그러면 공자가 아내를 쫓아낸 것은 무슨 예법이랍디까?'

'공자가 아내를 내쫓은 게 아니라 노나라에서 제나라로 피난을 갈 때 부인이 공자를 따라가질 않고 송나라로 가는 바람에 헤어지게 된 거지요. 쫓겨나기는 무슨. 오히려 공자는 그길로 평생 독신으로 살면서 혼자 아들을 키웠잖아요. 그러니 경우가 다르지요.'

'아, 그랬던가? 그렇다면 증자가 아내를 소박 놓은 이유는?'

'당신 책이나 제대로 읽어 보고 말하는 거유? 시아버지가 찐 배를 무척 좋아했는데 증자의 아내는 어찌 된 게 배를 제대로 쪄 낸 적이 없었다잖아요. 천하의 효자인 증자가 그래서 그만 아내를 소박 놓은 건데, 그렇다고 증자가 새장가 들었다는 말은 없습디다.'

'그럼 주자는?'

'당신 그 사이 공부 많이 했나 보군요. 그만한 실력이면 장원급제하고도 남겠수. 주자야말로 집안 살림할 여자를 새로 들여야 할 형편이었지만 한 번 혼인했던 것을 예로 삼고 평생 혼자 살았다고

하지요.'

'당신 정말 잘났구려. 당신 학식이야, 내가 어찌 당하겠소? 처음부터 말을 꺼낸 내가 잘못이지. 잘났어, 증말!'

'내가 지금 당신하고 알량한 지식 따먹기나 하려고 이 말을 꺼낸 줄 아세요? 정말 언제나 철이 들려나, 이 양반은.'

나도 그때는 약이 바싹바싹 오르더라고. 나는 그때 심장이 점점 나빠지는 걸 느끼고 있었거든. 가슴을 쥐어짜는 것 같은 통증이 며칠 간격으로 몇 번씩 몰려오곤 했지만 간신히 버티며 생활을 꾸려 가던 참이었어. 나의 인내심도 평상시와 같을 수는 없었는데다 새삼스레 무슨 질투심에서 그런 얘기를 꺼낸 게 돼 버렸으니 공연히 나만 더 힘들게 되었지 뭐야.

그날 대화가 오히려 동티가 나는 바람에 남편은 억하심정으로 보란 듯이 권가 그 여자를 내 방에 들여놓았지 싶어. 그리고는 내가 처음 얘기한 대로 집안은 하루아침에 풍비박산이 났고……. 그 와중에 제일 고생을 한 애가 바로 율곡이었다고 전에도 말했지? 큰애는 자기보다 나이가 더 어린 그 여자를 아예 대면을 안 하고 지냈고, 둘째도 일부러 무심하게 밖으로 돌았지만 율곡이는 어디 그런 성격인가. 직면해서 해결할 건 해결하고 바로잡을 건 바로잡아야 하는 성정이니 얼마나 힘이 들었겠냐고. 한창 예민한 시기인데다 공부에 집중해야 할 나이에 내가 그만 죽는 바람에 그런 날벼

락을 고스란히 맞게 된 거였지.

다른 애들도 마찬가지였지만 특히 율곡이 그 조석변개하는 성미와 변덕을 다 맞춰 가면서 가슴에 피멍이 들 정도로 도리를 다했다고 하더라고. 얼마나 감동했으면 나중에 그 여편네가 율곡의 삼년상을 다 치러 줬다잖아. 율곡이 그 여자보다 먼저 세상을 떴거든. 그런 거 보면 태생이 순 악질 여사는 아니었던 것 같은데, 어쩌자고 그렇게 모지락스럽게 굴었던지.

그 단아하고 반듯한 율곡이 술 좋아하는 새어머니 비위 맞추려고 새벽마다 한 잔 술을 따르며 '오늘 하루도 마음 편히 지내시라.' 고 문안을 하고 출근을 했다잖아. 내 아들이지만 율곡이는 정말이지 진정한 선비였어. 악도 선으로, 선도 선으로 대하며 외부의 조건에 흔들리지 않는 그 의연함, 그 지조, 그 의리라니! 남편 흉보는 셈이지만 솔직히 지 애비 닮은 구석은 하나도 없었지.

율곡의 언행이 결국 권가를 감화 감동시키면서 개과천선하게 했지만, 그 여자가 변하기 전에 함께 살았던 남편은 그 패악을 고스란히 다 당하고 죽어 가면서 수발도 못 받고 갖은 구박과 박대 속에 눈을 감았으니, 뿌린 대로 거둔다는 말이 생각나지 않을 수 없네. 허송세월한 자신의 한평생과 자식들한테까지 씻지 못할 고통을 안겨 준 잘못된 선택 등등, 인과응보라더니 인생은 결국 자기가 한 데로 받게 되어 있는 것이 아닐까.

돌이켜 보면, 나 역시 내가 한 일에 응분의 대가를 받았다고 생각해. 신혼 때부터 시작된 남편의 딴살림에 이루 말할 수 없이 자존심이 상했고, 내 인생에 이런 오점이 있어서는 안 된다고 우길수록 너무나 괴로웠어. '내가 왜 이런 꼴을 당해야 하는지, 부모님의 총애와 가족들의 기대를 한 몸에 받으며 곱디곱게 자란 내가 혼인과 동시에 이런 수치를 겪게 되다니…….'하며 내 신세를 한탄했지. 있을 수 없는 일이 일어난 것만 같아 인생의 중턱을 할퀴고 지나는 운명의 억센 갈퀴가 원망스럽기만 했어.

더구나 나 혼자의 모멸로 그치는 것이 아니라 집안의 수치라 생각하니 더욱 감당하기 힘들었어. 내가 누구야? 태임을 본받아 남편을 잘 보필하고 자식을 훌륭히 양육하고자 스스로 사임당이라는 당호까지 지은 사람이 둥지 속에 애비 없는 새끼만 잔뜩 끌어안고 홀로 되어 버렸으니. 아무리 친정이 받쳐 준다고 해도 자식들은 자꾸 커 가고, 배가 비었다 싶으면 또 아이가 들어서니 그간의 맘고생에 이제부터는 몸 고생이 시작된 거야. 어린 것들을 데리고 본격적인 생활 전선에 뛰어들어야 했던 거지.

아무리 남편이 무심하다 해도 며느리는 며느리니까. 더구나 외며느리이니 점점 연세 들어가시는 시어머니를 언제까지 모른 척할 수는 없더라고. 한양으로 올라가 모시고 살아야 하는 압박감이 점점 심해지는데, 애들은 아직 제 몫을 할 나이가 아니었으니 그때처럼 막막하고 두렵고 외로울 때도 없더라고. 아예 모른 척 그대로 친정에 있을까 생각을 안 한 것도 아니야. 핑계도 좋고 이유도 좋잖아. 여태껏 남편 없이 산 거나 마찬가진데, 그 멀리 낯선 한양에까지 가서 시어머니 모실 것까지야 없다는 마음이 드는 건 어쩌면 자연스러운 거 아니야?

그러나 그럴 용기는 없더라고. 나는 어쩔 수 없는 조선시대 여자였으니까. 도리를 다하지 않고도 내 마음이 편할 수 있는 사람이 아니라는 걸 누구보다 내가 잘 아니까. 친정어머니도 며느리의 도리 앞에서는 더 이상 딸자식을 잡지 못하셨어. 지금까지도 모자라 본격적인 고생을 눈앞에 둔 팔자 센 딸자식의 앞길이 훤히 보이는 것 같았을 텐데도.

그렇게 나는 한양 길에 올랐어. 그때까지 친정어머니가 안 계신 생활을 한 번도 상상해 본 적이 없었음에도, 게다가 아이들의 양육이 전적으로 내 어깨에 걸려 있다는 것을 절감하며, 발걸음을 한양으로 향했지. 예상대로 한양 올라온 후 10년간의 생활은 고난 그 자체였지만 내 예술은 그로 인해 본격적으로 깊어지기 시작했고, 무엇보다 그 일이 내 인생에 새로운 말 걸기를 해 왔던 거야. 무채색이었던 내 삶을 단박에 채색 그림으로 바꾸며, 동시에 아픔이자 슬픔, 기쁨이자, 환희였던 선연한 그 일이, 그와의 일이……."

3부

환희

3

늙으신 어머니는 고향에 홀로 남아 계시는데, 나는 홀로 한양으로 떠나가네. 내 어릴 적 살던 마을 북촌은 아득히 멀어만 지는데 흰 구름은 저문 산을 자유로이 날아다니네.

"우리 일행은 대관령 고갯마루에 올랐어. 높은 데 오르니 아늑하고 정겨운 내가 살던 마을이 한눈에 내려다 보였어. 다시 돌아와 어머니와 함께 오순도순 마주할 날이 그 언제일지, 어머니 생전에 다시 뵐 수나 있을지, 언니와 동생들과는 이렇게 영영 작별인지……. 만감이 교차한다는 말은 이럴 때 쓰라고 만들었나 싶더라고.

어머니와의 눈물의 작별이야 표현하기엔 말이 다 모자랄 지경이었지. 마흔 가까운 나이가 되어 이렇게 고향을 떠나게 되니 '차라리 스무 살 새댁이었을 때 헤어졌을 것을…….'하는 생각마저 드는 거야. 어머니는 이미 환갑을 훌쩍 넘기셨고 동생들도 다 시집을 갔으니 당신 홀로 고향집을 지키며 쓸쓸히, 속절없이 늙어 가실 것 아냐. 아, 이럴 때 아버지가 살아 계시다면 얼마나 좋을까. 떠나는 내 발길이 한결 가벼울 것 아닌가.

그때는 한양으로 올라온 후 나의 고생도 본격적으로 시작되어 어머니보다 내가 앞서 세상을 떠날 거라는 건 생각도 못했으니……. 다만 어머니가 살아 계실 때 한 번이라도 더 뵐 수 있을까만 생각했거든. 더구나 어머니는 내가 떠나기 전날 밤 나하고 마지막 밤을 보내시면서 유산 문제까지 얘기하셨더랬지. 제사는 율곡이 모셔 줬으면 한다는 말씀하며, 나머지 유산 분배에 대해서 말이지. 나는 그런 말씀을 듣는 것이 너무 마음이 아프고 아려서 그만두시라고 했는데, 사람의 일은 한 치 앞을 모르는 법이었던 거지. 그렇게 말씀하시면서도 어머니 또한 내가 어머니보다 먼저 떠날 것을 꿈에라도 생각하셨을까…….

어머니는 그때 이미 20년을 홀로 지내면서 심신이 많이 허약해진 상태였고, 나를 떠나보내야 한다는 사실을 받아들이기가 무척 힘드셨을 거야. 연유야 어찌 되었건 내가 친정에 가장 오래 머문 딸이 되고 말았으니, 그것도 부모님 처음 뜻과는 달라도 너무 다른 이유로 그리되었으니 공연히 민망한 마음도 더러 드셨던 모양이야. 못난 서방 만나서 자식들 키우느라 친정살이를 할 수밖에 없게 된 재주 많고 가련한 딸의 팔자를 운명으로 돌리기엔 너무 가슴이 아프셨을 것 같아.

'네 아버지가 그렇게 일찍 돌아가시지 않았다면 어떡해서든 이 서방을 다잡아 공부를 시키셨을 텐데……. 그리했다면 과거에 급제해서 지금쯤 처자식 고생시키지 않았을 텐데…….' 어머니는 늘 그게 한이 되셨던 거야. 하지만 아버지가 계셨다고 해서 그 사람이 착실히 공부를 했을까? 그 답은 어머니도 나도 이미 알고 있었음에도 어머니는 습관처럼 그런 말씀을 하셨지.

그때 갑자기 이런 생각이 드는 거야. '남편도 이 고개를 넘어가면서 그토록 되돌아오고 싶었던 게로구나. 나고 자란 고향도 아니면서 그렇다고 피붙이가 있었던 것도 아니면서, 미운 정 고운 정은 고사하고 겨우 설익은 정 나누기 시작한 각시 하나 때문에 그 고개를 차마 넘지 못하고 세 번이나 돌아와야 했던 거구나.'하는.

그러고도 결국은 아내와 장모에게 무안이나 당하고 황황히 쫓겨났으니 상한 자존심과 더께 진 상처만 얻었을 뿐, 더 이상 나한테 무슨 정이 있었겠나. 아마 그때부터 만정이 떨어졌을 거라는 생각이 들더라고. 그길로 어미 잃은 여린 새처럼, 버림받은 아이처럼 다친 자기 마음 보듬어 줄 따스한 여인의 품으로 찾아들어 간 것이니, 누굴 탓하겠냐 싶더라고. 그 사람 성정이 원래 그런 걸 말이야. 그렇게 나약하고, 그렇게 다감하고, 그렇게 흔들리는 사람이었으니…….

신행 때 남편 따라 넘어가 본 후 근 20년 만에 대관령 고갯길을 마주하니 내 어린 시절 추억과 삶이 고스란히 눈앞에 펼치지는 것 같았어. 색동옷 입고 어머니 옆에서 고사리손으로 바느질 배우던 곳, 풀벌레와 닭과 맨드라미, 봉숭아, 채송화 따위의 앙증맞고 애틋한 마당 식구들을 화폭에 담던 곳, 외할아버지와 소학, 사서삼경 글공부하고, 서툰 붓놀림으로 송글송글 이마에 땀방울 맺힌 것도 잊은 채 서체를 배우던 곳, 다섯 동기들과 오순도순 어머니 주위에서 함께 커가며 우애 다지며, 미리 전갈도 없이 한양 천 리 길을 달려 불쑥 문 안으로 들어서시던 아버지의 인자한 웃음은 엊그제 일인 것만 같은데 어째서 나는 지금 남편도 없이 올망졸망 아이들을 앞세우고 홀로 이 험준한 고개를 넘어야 하는가 하고 서러웠지.

신혼 몇 달 만에 남편은 바람나 부부의 연은 그렇게 일그러져 버렸는데 한 번씩 바람처럼 나타나 덜컥 애나 배게 하고는 또 떠나버리던 일이 또 한 번 야속했어. 붙잡지도 못하고 그저 오면 오나 보다, 또 가면 가나 보다 하면서 오고갈 때마다 자식만 하나씩 늘어 다녀간 흔적을 남겼던 거지.

이렇게 무늬뿐인 혼인 생활인데 구태여 뒤늦게 시어머니 모시자고 한양으로 떠날 것도 없었어. 핑계 대려고 들면 나라고 없었겠어? 우선 권가 그 여자가 있잖아. 그 여자가 며느리 노릇 하면 될 거 아니냐고! 하지만 말이 그렇다는 거지, 속만 부글부글 끓으면서 양반 체면에 이혼을 할 수도 없고 애들은 이미 여럿인데 아비 없는 자식을 만들 용기도 없더라고.

그런데 솔직히 말이야, 남의 이목이 두려워서, 윤리도덕이 무서워서라기보다 인간적으로 그렇게는 할 수가 없더라고. 시어머니도 청상으로 사시면서 자식이라곤 달랑 하나 뒀는데 그 자식이 신통치 않으니, 의지할 곳 없는 노인을 나라도 거둬야 한다는 생각이 들더라고.

하지만 그 노인을 위하자니 이쪽 노인이 걸리는 거야. 우리 어머니 말이야. 딸만 있는 집이었으니 동생들도 이미 다 출가를 하고 나하고 우리 애들하고만 사셨거든. 아버지 살아 계실 때 '네가 아들이었으면…….'하고 두 분이 쌍 나팔을 부시더니, 말이 씨가 된다더니 어쨌거나 내가 아들 노릇을 한 거지.

시집간 막냇동생이 가까이 살긴 했지만 그래도 나처럼 아예 집에서 함께 생활한 것만은 못했고, 사람이 드는 자리는 몰라도 나는 자리는 표가 난다고, 나뿐 아니라 그 귀애하시던 외손자들의 빈자리를 어떻게 메우시려는지 말이야. 더구나 이제는 연로하셔서 몸도 마음도 많이 약해지셨으니, 이번에 길 떠나면 언제 다시

어머니를 뵐 수 있을지……. 말씀은 안 드렸지만 이 길로 마지막이 아닐지 생각하니 가슴이 미어졌지.

마지막은 마지막이었네. 하지만 내가 떠나고 어머니가 남으시게 되는 마지막이 될 줄을 누가 알았겠어. 어쩌면 그대로 친정에서 눌러 지냈더라면 나의 화병이 그렇게까지 심해지지는 않았을지 몰라. 언제나 내 편이 되어 위로해 주시고 다독여 주시는 친정어머니 덕에 가까스로 버틸 수 있었던 생활이었는데, 갑자기 난간이 없어지니 나의 몸과 마음은 시나브로 쇠약해져 갔던 거야. 아이들이 늘어날수록 살림은 더 쪼들리고 그때마다 손 벌릴 친정도 이제는 너무 멀리 있고…….

율곡이 그때 여섯 살 무렵이었는데 그 어린 것이 태어난 곳을 떠나 낯선 곳에 가서 그만 탈이 났고, 그렇게 그분을 만나게 되었고, 그 인연이 이후 나의 10년 타지 생활에 큰 의미와 의지가 되었으니 사람 일은 참 알 수가 없네."

그분이라니? 사임당이 말하는 그분이 누구일까? 한 남자의 사랑받는 여자로, 살뜰한 안주인으로 다복하고 평범한 가정을 꾸리고 싶은 아기자기한 소망을 버린 지는 오래전이었을 것이다. 서럽고 아프고 지친 몸과 마음으로 고단한 발걸음을 끌면서 넘었을 대관령 고개, 남편이 옆에 있다 해도 모시기 힘든 시어머니를 자처

해서 봉양키로 한 의지적 결단으로 나선 길이었던 것이다.

남편 하나 믿고 어머니와 오빠, 언니들을 떠나 호주 이민을 결행했던 인선, 25년 우여곡절 끝에 가방 두 개를 거머쥐고 혼자 한국으로 되돌아오던 4년 전 그날의 자신과 대관령을 넘는 사임당이 많이 닮아 있다고 느껴졌다. 무슨 희망이 있었던가. 다만 더 이상은 그 자리에 있을 수 없었기에 무작정 뛰쳐나왔을 뿐이다. 남편이 있되 없는 자리에서 안간힘을 다해 버티던 사임당, 꿈 많던 어린 시절 간절히 그립던 아버지가 예고도 없이 우뚝 들어서던 때처럼 그렇게 남편도 선뜻 자기 곁으로 돌아와 주길 설렘과 애탐으로 기다렸을 사임당, 그 가녀린 어깨에 인선 자신의 삶의 버거움이 겹쳐지고 있었다.

아버지를 그리던 그 빈 마음자리가 남편을 그리워하는 자리로 다시금 이어질 줄 몰랐던 사임당처럼, 아버지가 계시되 계시지 않았던 인선도 남편의 애정을 통해 허한 마음을 채우려 했었다. 그러나 인선의 남편은 결손 가정에서 자란 허약하고 두려움에 가득 찬 한 소년에 불과했다. 인선이 여섯 살 응석받이처럼 애정을 구걸할 때, 남편은 인선에게 귀찮고 성가시다며 손찌검을 가했다. 여섯 살 어린 소녀처럼 칭얼대는 인선을 남편은 보듬어 주지 않았다. 남편에게는 애초 아내를 품어 줄 능력도, 그릇의 크기도 되지 않았던 것이다.

그러면서 남편은 되레 인선에게 응석받이처럼 굴었다. 자기의 응석이나 투정이 받아들여지지 않을 때면 인선에게 욕설을 퍼붓고 구타로 앙갚음을 했다. 다섯 살 어린아이가 엄마의 치마폭에서 뒹굴며 떼를 쓰는 형국이었다. 엄마를 발길로 차고 주먹으로 때리며 자기가 원하는 것을 갖고 싶어 졸라대는 다섯 살 꼬마, 그것이 남편의 모습이었다.

그러나 인선은 남편의 엄마가 아니었기에 떼쟁이 철부지 남편을 떠날 수밖에 없었던 것이다. 돌이켜 보면 인선은 남편, 아니 남자로는, 더 나아가 사람으로는 채워질 수 없는 가슴속 빈자리를 느끼며 살아왔다. 그것을 인선은 글을 쓰는 것으로 메워 왔다고 믿고 있었다. 그런 것을 두고 사람들은 예술혼이라고 불렀다. 예술적 능력이나 재주, 기질이라는 말로는 부족한 표현이었다.

심하게는 저주받은 영혼이라는 아픔과 절망이 몰려올 때도 있었다. 결코 어떤 대상이 채워 줄 수 없는, 스스로 채워야 하는 그 무엇이었다. 그것은 타인의 인정이나 사회적 보상이 주어진다 해서 잠잠해질 성질의 것이 아니었다. 선천적으로 주어진 것이되 특정한 사람만이 가진 또 하나의 내면적 공간이었다. 그리고 그 공간은 오롯이 자신, 참 자기만이 들락거릴 수 있는 이른바 창작의 공간이었다.

사임당도 아마 그러했을 것이다. 남편 이원수가 옆에 있었다 해도, 그가 의젓하게 가장 노릇을 하고 온 가족의 바람대로 그럴듯한 벼슬을 해서 그녀의 위신과 체면을 세워 주었다 해도, 보통 여자들처럼 그것이 곧 나의 성공이자 성취라며 만족을 느끼며 살 수는 없었으리라. 두 여자는 현실과는 무관한, 전 존재를 빨아들일 듯한 내면의 큰 공간을 가진 사람이기에. 그것은 신의 축복이기도 하거니와 악마의 저주이기도 한, 천복 아니면 천형의 내면인 것이다.

달리 표현하자면, 사임당이나 인선이나 남편이 잘났든 못났든 어디까지나 그것은 그들의 문제이지, 그녀들의 존재감이나 삶 자체를 흔드는 축복이거나 반대로 위협적인 요소는 될 수 없었던 것이다. 누군가에 속해 있는, 누군가의 삶의 실현에 내 삶도 슬쩍 얹는 그런 삶을 살기에 두 여자의 자아는 너무나 확연하고 뚜렷했기 때문이다. 그러했기에 그네들의 삶을 좀 먹고 괴롭히며 아프게 하기는 했으나 인선 남편의 폭언 폭력도, 사임당 남편의 허랑방탕한 외도와 가족 방기도 그네들의 삶의 밑동과 고갱이를 손상시킬 수는 없었던 것이다.

그런 사임당의 삶에 또 다른 존재, 구체적으로 남자라는 존재의 그림자가 다시 얼비춰진다는 것을 인선은 어떻게 받아들여야 할지 혼란스러웠다.

"한양에 올라와 시어머니 집으로 일단 들어갔지만 생각했던 것보다 지내기가 더 어려웠어. 어머니는 생업을 접은 지도 오래됐고, 계속하셨다 해도 더 이상 떡 장사로 연명을 하시기에는 너무 연로하셨어. 강릉 떠날 때 마음과는 달리 그동안 돌봐 드리지 못한 것이 죄스럽더라고. 나는 그래도 남편이란 작자가 자기 엄마 정도는 책임지고 사는 줄 알았지. 근데 그게 아니었던 거야.

어머니가 아들을 만날 때마다 강릉 식구들 걱정을 하시며 나이가 그만큼 들었으면 자식새끼 생각해서라도 정신 좀 차리라고 어릴 적에도 하지 않던 꾸지람과 간섭을 하시니까 자기도 발걸음하고 싶지 않았겠지. 그리고 귄가 그 여자 성미에 시어머니 앞으로 일용 돈이 빠져나가는 걸 두고 보지도 않았을 테고. 이래저래 노인만 불쌍해진 거였어.

그런데 나도 마음만 그렇달 뿐, 20년 가까이 모시지 않던 분을 막상 전적으로 모시자니 그것도 쉽지 않더라고. 태어났단 소식만 듣던 손자 손녀들을 품 안에 가득 안고 좋아 어쩔 줄 몰라 하시며 눈물 흘릴 때야 안 먹어도 살 것 같으셨겠지만, 당장 늘어난 입이 몇 개야? 혼자서야 굶든 먹든 산 입이라 거미줄은 걷고 살았지만 당장 금쪽같은 이 씨 집안 손자들이 굶게 생겼는데 마냥 반갑기만 하셨겠어?

좋은 것도 잠시, 어머니는 어머니대로 당신 짐이 더 늘어나니 얼마 못 가 우리가 분가했으면 하는 눈치시더라고. 이해할 수 있는 일이지 않아? 아들이 있는 집안도 아니고, 며느리가 만만한 상대도 아니니, 어머니 입장에서는 며느리 시집살이 하시게 생겼던 거지. 더구나 살림은 또 얼마나 쪼들렸는지.

그래서 이번에는 또 파주로 옮겨 앉았지 뭐야. 한양 어머니는 이따금 들여다보는 것으로 하고 두 여자가 합의하에 갈라서게 된 거지. 그때 어머니는 내 진짜 모습을 보셨다 할까? 당신 아들이 감당하기에는 며느리가 너무 크고 아들은 상대적으로 턱없이 작다고 느끼셨던 것 같아. 그래도 아들 가진 입장이라고, 당신 자식을 기죽이고 싶지 않았던 터라 어느덧 중년에 이른 며느리가 어렵기도 하면서 고깝기도 한 심사를 이따금씩 드러내곤 하셨어.

마치 당신 아들이 저리 폐인이 된 것이 내 탓이라는 것을 은연중에 말씀하시는 거라. 남자는 여자하기 나름이라면서. 저리 빈틈없이 구니 그 애 마음이 한시도 편히 쉴 곳이 있었으랴 하면서 혼잣말을 하시며 혀를 찰 때도 있었고…….

손자들 또한 가풍 없이 자란 당신 자식과는 비교가 안 될 정도로 늠름하고 의젓하며 귀태가 나니 성씨만 이 씨지, 도무지 당신 핏줄 같지 않으셨는지 어린애들인데도 불구하고 애들 대하기를 어려워하시고 그러다 보니 거리감도 느끼시는 것 같더라고. 애들이 살갑게 달려들지 않을 때는 이 씨 집 애들이 아니라 모두 신 씨 같다고 하시며 얼토당토않은 이유를 들어 서운해하시기도 했어. 애들 역시 강릉 할머니하고는 여러 가지 면에서 허술하고 초라해 보이는 한양 할머니에게서 본능적인 정을 느끼기 힘들어했고.

남편은 내가 한양에 올라왔다는 소식을 들었을 텐데도 어머니와 함께 지낼 땐 코빼기도 안 비치더라고. 아니, 딱 한 번 오긴 왔었다. 그것도 권가를 대동하고선. 그날 집에 무슨 행사가 있었는데, 어쩌자고 권가를 데리고 나타났는지……. 나한테 일부러 시위를 하려고 그랬는지, 아니면 내가 집에 와 있는지 모르고 실수를 한 건지.

그러다가 파주로 따로 이사를 나오니 그때서야 슬며시 나타났어. 이후론 강릉 있을 때보다 자주 낯짝을 볼 수는 있었지만, 그러니 더 약이 오르더라고. 자주 못 볼 때는 이따금 그리움이라도 생기더니, 이제는 필요하면 언제든 나타날 수 있는 거리에 살다 보니 그 권가 년하고 같이 지내는 남편이 구체적으로 머릿속에 그려지고, 그러면 한 번씩 속에서 천불이 올라와서 머리를 와락 쥐어뜯게 되거나 주먹으로 애꿎은 가슴을 치는 일이 잦아졌지.

그렇다고 생활비를 가져다주기를 하나, 쌀독을 채워 주기를 하나, 한 번씩 애나 만들고는 가면서 한다는 소리가 '당신은 뭐든 잘하는 사람이니까 나 없이도 이렇게 훌륭히 애들도 키우고 거기다 본인 공부에, 그림에, 글에, 글씨는 더 깊어진 것 같구먼." 이러는 거야. 그게 다가 아니야. 한술 더 떠서 글쎄, 당신은 다방면에 서 능력이 넘치는 사람이지만, 그래서 남편이라는 존재가 필요 없는 사람이지만 그 여자는 나 없으면 못 산다, 아무것도 할 줄 모른다. 그러니 내가 옆에 있어 줘야 한다며 말도 안 되는 소리를 뻔뻔하게 내뱉는 거야. 그러니 신경은 더 예민해지고 생활은 더 곤궁해지고 나이는 먹어 가고, 애들은 점점 커 가니 애들 눈치는 눈치대로 보이면서 사면초가라는 말, 독 안에 든 쥐라는 말이 나를 묘사하기 위해서 생긴 말이지 싶더라고.

원래 내 성정은 다정다감한 편인데 시댁 식구들에게는 거칠고 독한 여자로 인식되어 있었어. 아들이 바람피우는 데 대한 자격지심이자 합리화 같은 거였겠지만. 새아기가 저러니 내 아들이 어쩔 수 없이 밖으로 돈다는 식으로 말이야. 근데 아까 권가를 집에 데리고 온 적이 있다고 했잖아? 그때 마침 애들도 다 집에 있었거든. 갑자기 두 연놈이 부부 행세를 하고 들이닥치니 어머니도, 나도 똑같이 놀란 건 말할 것도 없고, 무엇보다 애들 보기에 어찌나 민망하던지…….

애들은 강릉 떠나올 때 이제 한양에 가면 아버지하고 살 수 있을 거라는 기대가 무척 컸어. 딱히 아버지하고 함께 살러 한양으로 간다고 말한 적도 없는데 늘 아버지 정이 그리웠다 보니 어린 마음에 지네들끼리 그런 기대를 했던 거겠지. 그런데 아버지가 어떤 여자와 함께 나타났으니, '엄마가 여기 있는데, 우리 엄마는 그럼 뭐란 말인가?'하고 직감적으로 분노와 불안이 일었겠지.

그중에 율곡이 가장 충격을 받았어. 율곡은 그 후로도 어른들 사이의 일에서 잘못된 것을 보면 바로잡든가 아니면 올바른 소견을 내세워 상황을 판단하곤 했었지. 그런 성정을 가진 아이였으니 엄마가 강릉에서 어떻게 살았는데, 아버지는 한양에서 또 어떻게 살고 계신지 어린 마음으로도 한눈에 파악이 되었던 모양이야. 그 길로 아이가 마음병을 얻었어. 한양에서 열심히 공부해서 급제하고 벼슬에 오를 준비로 여념이 없는 것으로 알고 있었던 아버지에 대한 배신감과 실망, 어머니 아버지와 함께, 한 지붕에서 형제들과 오순도순 살고 싶었던 기대가 무너지면서 어린 것이 그만 병이 나 버린 거야.

실은 그래서 시어머니와 함께 살 수 없게 된 거였어. 아이가 힘들어하니 나도 그때는 양보하고 싶지가 않더라고. 참고 참았던 것이 터져 나오려는 순간에 그냥 내가 물러나는 것으로 상황은 마무리되었어. 그때도 남편은 비겁했어. 자기 입장이 곤란해지니 그냥 자리를 피해 버리고 말더라고.

그때 처음이자 마지막으로 시어머니와 권 가, 나, 이렇게 세 여자가 한 공간에서 한 치의 틈도 없이 팽팽한 긴장감으로 마주했지만, 나는 그 여자를 눈길로 한 번 쏘아 주는 것으로 더 이상 입을 열지 않았어. 독하기 이를 데 없다던 그 여자도 내 눈빛의 서슬에 슬그머니 고개를 숙였고, 어머니 또한 입이 열 개라도 할 말이 없다는 표정으로 그저 입맛을 다시며 허공만 바라보셨지. 그게 다였어. 나 죽기 전까지 그 여자를 다시 만난 일도, 시어머니 돌아가시는 날까지 어머니를 다시 뵌 일도 없이 그렇게 우리 사이는 끝이 났어.

비록 아버지는 안 계셨다 해도 강릉에서 외가 사랑 듬뿍 받으며 안온하게 살던 선이와 매창, 번, 율곡 모두 못 볼 꼴, 안 볼 꼴로 돌이킬 수 없는 마음의 상처를 받았지만 어쩌겠어? 그게 사는 건데, 그런 애비 만난 것도 지네들 팔자인데, 난들 어쩌겠어?

그동안 석연치 않게만 생각해 오다가 그 일로 아버지의 실체를 뚜렷이 마주한 율곡은 전에 없이 침울해져서 말도 잘 않고, 잠도 깊이 못자고, 활발하고 명민했던 정신과 마음이 뿌옇고 탁하게 가라앉았어. 애들이 모두 풀이 죽어지내니 어떻게 할 바를 모르겠더라니까. 내가 이 꼴 보려고 그 험준한 대관령 고개를 넘었나 싶고, 차라리 못된 며느리로 낙인찍히더라도 그냥 친정어머니 곁에서 아이들을 지켜 줄 걸 그랬다는 후회가 밀려오더라고. 또한 친정에는 이래도 저래도 평생 씻지 못할 불효를 저질렀으니 곁에 있어 드리기라도 하는 게 도리였다는 생각이 뒤미처 들더라고. 막말로 시어머니한테야 그 여자가 있으니까 그 여자더러 수발들라고 하면 될 걸, 공연히 올라왔다는 생각도 들었고.

여하튼 내 삶이 참 안 풀린다는 것을 그때처럼 처절하게 느낀 적은 없었어. 큰딸 매창은 내가 강릉 친정어머니한테 하듯이 곁에서 살갑게 굴고 집안일도 제법 거들면서 나의 시름을 한결 달래 주었지만 나 자신이 힘든 건 어쩔 수 없더라고. 집구석이 심난하고 어수선하니 큰아들 선이도 공부에 마음이 멀어져서 시간을 알차게 꾸리질 못하는 것 같았지만 그때는 나도 마음이 많이 허물어져서 그냥 두고 보는 지경이었고, 둘째 번이는 원래 외향적이라 그 무렵 바깥으로 많이 돌았지. 애들이 모두 크게 엇나가지는 않았지만 한양 올라온 후로 모두 방황을 하고 있었던 거지.

대도시에 올라오니 강릉 살 때처럼 친구들도 없는데다 강릉에서야 모두 고만고만하게 살면서 거기다 우리 집은 좀 있는 편에 속했으니 애들이 기가 죽는다는 건 꿈에도 있을 수 없는 일이었는데, 한양에 오니 부모도 온전히 없는 촌뜨기들을 업신여기는 거야 당연하고, 따라서 애들은 집 안에서건 집 밖에서건 이래저래 치이고 멍들면서 힘겨운 사춘기를 보내야 했던 거야.

하지만 그보다 더 다급했던 것은 당장 먹고사는 문제였어. 남편은 우리가 뭘 해서 밥을 먹는지 관심도 없었고, 그때도 여전히 제대로 된 돈벌이를 하지도 않았겠지만 내가 한양에 애들까지 넷 데리고 올라와 있다 하니 권가 여자가 눈이 벌개져서 단속을 했던가 봐. 내 쪽으로 땡전 한 푼이라도 빠져나갈까 봐서. 강릉에서 올라올 때 어머니가 주신 비상금도 거의 다 떨어지고 있었지.

뜻하지 않게 한양 어머니한테서도 분가를 해 버리니, 이런저런 기본 살림살이도 다시 장만해야 했는데 수중에 돈도 없지, 할 줄 아는 일도 없지, 애들 데리고 난감하기 그지없는 거라. 전에 없던 위기감이 딱 닥치더라고. 이제부터 정말 내가 가장이구나. 친정붙이는 물론이고 낯선 한양 땅 어디에도 내 편은 없다는 절체절명의 상황, 벼랑 끝에 선 느낌이 닥치니 원통하고 서럽고 내 신세가 어떻게 이렇게까지 추락하는가 싶어 그날 처음으로 목 놓아 울었어. 애들 보기 민망하고 내가 약한 모습을 보이면 애들은 더 불안하다는 걸 알면서도 볼을 타고 흐르는 눈물을 주체할 수 없었던 거야."

결혼 후 풍족하게 살지는 않았지만 먹고사는 문제로 힘겨웠던 적은 없었던 인선으로선 세상 풍파에 정면으로 맞서야 하는 시름 깊은 중년 여인에게 깊은 연민을 느꼈다. 사임당은 이미 보내지 않을 편지, 부치지 못할 편지를 쓰기로 했다고 말하지 않았나. 편지나 일기가 갖는 내면 치유의 가치를 사임당은 이미 알고 있었던 것이다. 사임당의 5백 년 아픔이 내면의 편지를 통해 클라이맥스로 치닫고 있었다.

인선은 더 이상 자신의 이야기를 중간중간 끌어들이며 그녀의 자기 치유의 속도를 늦추거나 방해하고 싶지 않았다. 자신은 어쨌거나 아직 살아 있고 남편의 폭력으로부터 도망쳐 나와 새롭게 인생을 써 가고 있지 않은가. 인선에게 이혼은 자기를 찾는 계기이며, 홀로 된 삶은 진정한 정체성을 발견하기 위한 여정이라는 점에서 실상 하나의 축복이 아닌가. 그럼에도 두 아이에 관해서는 언제나 죄인 된 심정을 벗어날 길이 없었다. 순전히 부모 잘못으로 보금자리를 잃어버린 두 아이를 생각하면 아무리 다 자란 성인이라 해도 면목이 없고 자괴감이 깊어지곤 했다. 지금 사임당은 남편으로 인해 자신의 마음고생을 비롯해서 경제적 곤경과 아이들에게 준 상처 등, 모든 것을 혼자 감내해야 하는 지경에 처했다는 토로를 하고 있다. 그녀는 과연 어떤 선택을 할 수 있었을까.

“그때 재정착한 곳이 파주였는데, 그나마 남편의 본가가 있어서 허름하나마 일단 다섯 식구 거처는 마련됐지. 거기서 또 애들이 셋이나 더 태어났으니 가뜩이나 원수 같은 남편이 더 원수 같았어. 그런데 나는 왜 또 그렇게 임신이 잘되는지. 아마 체질인가 봐.

여자 마음이라는 게 그렇더라고. 원수다 싶으면서도 와서 보듬어 주면 또 의지가 되고 날 사랑해서 이러지 하고 착각이 드는 거라. 지 마누라 지가 보듬는 데 누가 뭐랄까 하며, 그저 남자의 본능대로 아랫도리 놀리는 것뿐인데도 내 마음은 그렇지 않더라는 거지. 이렇게라도 해서 남편을 잡을 수 있을까, 나한테 돌아오게 할 수 있을까, 다시 함께 산다면 그가 원하는 대로, 다른 여자들처럼 그냥저냥 살아도 되지 않을까, 하고 몸을 대주면서 별의별 생각이 다 드는 거야. 그럴 때마다 나 자신이 치사하고 초라했지만 남편과 몸을 섞는 동안에는 온전히 그의 여자인 것 같았고, 그도 그 순간만큼은 내 남자였던 거야.

남편에게 내 몸을 함부로 내던지고 싶고, 그의 노리개가 되고 싶고, 권가 그년은 어떤 식으로 남편을 홀려내어 제 것으로 삼았는지 질투가 나서 못 견딜 지경이었어. 그럴수록 내 몸은 뜨겁게 달궈지면서 내 안에서 남편의 그것을 흡충처럼 빨아들였어. 내 살으로 파고드는 그를 내 질이 진공관처럼 흡인하여 그의 뿌리까지 훑어내고 싶었어. 남편의 몸에 내 몸을 바싹 밀착시킨 채 아래를 통해 통째로 삼켜 버릴 듯 욕망에 몸을 뒤척였어. 그런 내 몸과 마음을, 그는 즐기고 있었던 거야. 나 역시 낮의 시름과 육체적 고단함이 심할수록 밤이면 더욱 피학적으로 그에게 매달렸고, 그는 오직 밤에만 내 위에서 군림하며 사내구실을 하려고 들었지.

그렇게 아이들은 또 셋이나 더 태어났지만, 잠자리를 통해 그를 붙잡을 수 있을지 모른다는 내 희망은 여지없는 착각이었어. 아침이면 이내 그는 떠나갔고, 나는 다시 굴욕의 얼굴을 빳빳이 들고 자존심을 가장하며 일상을 꾸려야 했어. 남편이 나를 대하는 치욕적인 방식에 몸서리를 치면서도 배 속에 새 생명이 들 때마다 봄 햇살 같은 다사로움과 경이로움이 마음속에 깃들었던 것은 참으로 감사한 일이었어. 그럴 때마다 어떻게든 살아야 한다는 내 속의 질긴 생명력도 다시금 고개를 들었지. 그것은 고물고물 태어나는 새 생명과 부쩍 커 가고 있는 아이들과 함께 점점 굳건해졌어.

산 입에 거미줄 치랴 하더니, 그 무렵 동네에서 조금씩 농사를 배우게 되었지. 돈이 될 만한 농작물, 지역 특산물 재배법 등을 배워 아이들하고 농사를 조금씩 지었어. 애들을 여기까지 데리고 와서 고생을 시킨다 생각하면 기가 막혔지만 그것도 배부를 때 드는 생각이고, 자칫하면 어린 것들 데리고 객지에서 배를 곯게 생겼으니 온 식구가 들러붙어 열심히 했지. 다행히 애들이 잘 적응해 줬고 어미를 이해해 줘서 서로 다독이며 곤궁하나마 생활을 꾸려 갈 수 있었어.

매창이 새참을 만들어 머리에 이고 송글송글 구슬땀을 흘리며 얼굴엔 환한 웃음을 띠면서 밭으로 날라 오면 그제야 삼모자는 허리를 펴고 그늘에 둘러앉아 입이 미어지게 가득 밥을 밀어 넣고 우물대곤 했는데, 돌아보니 그때가 행복했다 싶더라고. 사람이란 참 이상하지? 가장 고생스러웠을 때가 오히려 더 추억이 되니…….

그때 나는 율곡의 동생을 임신 중이었는데 마흔 가까운 나이에 생전 안 해 보던 농사에, 내 몸도 어지간히 부대끼게 생겼지만 살아내야 한다는 절박감이 행복으로 전환되어 용기를 주었으니 삶이란 참 묘한 거지. 그렇게 남편 없이 우리 다섯 식구의 평온하다면 평온할 일상이 자리를 잡아 가고 있었던 거야.

파주는 특히 율곡한테는 인연이 깊은 곳이지. 율곡이 태어날 때는 강릉 외가에서 났지만, 파주에서 특별한 연을 미리 맺었어. 그 얘기 좀 들어 볼 테야? 어쨌거나 율곡이 일곱 남매들 중에 공부로나 인품으로나 가장 뛰어난 것은 부인할 수 없는 사실이잖아. 열 손가락 깨물어 안 아픈 손가락 없다고 해도 손가락의 길고 짧음은 있듯이 아롱이다롱이 낳아 키우다 보니 재주가 한쪽으로 몰리기도 하고 성품도 가지각색으로 태어나더라고. 환경이 중요하지만 천성을 어쩌지 못한다는 말도 그래서 생겼나 싶기도 해.

솔직히 큰애 선이 가졌을 때는 친정아버지 삼년상을 치를 때라 신혼의 남편이 참을성 없이 그만 예에 어긋난 행동을 하는 바람에 저질러진 일이었지. 내 맘에도 걸림이 있으니 그만큼 태교도 불안했다고 봐. 주 문왕의 어머니 태임을 본받겠다며 거창하게 사임당이라는 당호까지 지어 놓고는 정작 맏아이 태교에는 소홀했던 거지. 그 점은 내게 아직도 부담 내지는 죄책감으로 남아 있어.

다시 율곡의 얘기로 돌아가서, 율곡을 가지기 며칠 전에 이런 꿈을 꿨어. 해거름 강릉 경포대를 혼자 거닐고 있는데 물속에서 선녀가 불쑥 올라오는 거야. 어쩌면 저 수평선 언저리에서부터 서서히 다가오고 있었는데 가까이 올 때까지 내가 눈치를 못 채고 있다가 눈앞에 다다르자 마치 물속에서 올라온 것처럼 느껴졌는지도 몰라. 그런데 선녀의 가슴께에 아주 귀엽고 귀태가 나는 옥동자가 안겨 있는 거야. 선녀는 한없이 자애로운 미소를 지으며, 그러나 아무 말 없이 그 아기를 내게 넘겨주는 거 있지? 나 역시 두 번 생각할 새도 없이 얼결에 아기를 받아 안았지 뭐야. 얼마나 똘똘하고 반듯한 윤곽을 가졌던지. 첫눈에도 범상치 않은 기운이 느껴지는 아기였어. 나는 기뻐 어쩔 줄 몰라 하며 아기를 안아 본 것만으로 연신 감사를 표하는데, 선녀는 그저 빙그레 웃으며 선물이라는 듯 천연한 표정을 짓더니 이내 물속으로 사라져 버리는 거야. 갑작스런 상황에 깜짝 놀라 선녀가 사라진 허공에다 대고 손짓을 하면서도 다른 손으로는 아기를 부여안고 있는 가슴께를 꼭 누르며 힘을 주었더랬어. 마치 내 아기라는 듯이. 그러다 잠이 깼는데, 꿈속 일이 어찌나 선연한지 꼭 아기가 옆에 누워 있는 것처럼 손으로 자리를 더듬게 되더라니까.

그 꿈이 뭐겠어? 태몽 아니냐고. 위로 애들이 셋이나 있고 그중에서 아들이 둘이나 있는데도 꿈을 꾸고 나니 사내아이를 꼭 하나 더 낳아야겠다는 생각이 거의 강박적으로 드는 거야. 마음이 다급해졌어. 하지만 남편하고 어떻게 연락이 닿도록 해야 할지 도무지 방법이 없는 거야. 하늘을 보고 당장 별을 따야 할 판에 말이지.

연락이 닿았다고 해도 그래, 그 양반이 집에 와 준다는 법도 없잖아. 정도 없는 부부 사이니 오고 싶으면 오고, 오기 싫으면 말고, 순전히 남편 마음일 때였으니까. 기껏 와 봤자 또 마누라 잔소리나 듣겠다 싶으면 아예 안 올 수도 있겠다 싶더라고. 그렇다고 태몽을 꿨다며 인편에 당장 잠자리를 갖길 원한다고 말을 전하기엔 너무 망측하고.

애를 태우며 방법을 찾고 있는데 아, 글쎄 꿈속 일만큼이나 믿기지 않는 일이 또 일어났지 뭐야. 그날 하루 동안 두 번을 놀랐네. 한 번은 꿈에서, 한 번은 생시에서. 그 사람이 저녁 무렵에 떡하니 집에 나타난 거야. 꿈에서 아기를 받아 안은 때와 비슷한 해거름에 말이야. 우리 두 사람은 그대로 '통했다'는 걸 서로 직감하고 그길로 바로 몸을 섞었지. 음탕하게 듣진 마. 그 정도로 꿈이 선명했기 때문에 시간대까지 맞춰서 아기 씨를 받고 싶었던 거니까.

기가 막힌 이야기는 그게 다가 아니었어. 한바탕 일을 치르고 나서 내가 꿈 이야기를 하니까 남편은 또 뭐라고 하는 줄 알아? 며칠 전부터 자꾸 나를 안고 싶은 조바심이 일더라는 거지. 권가 여자한테 본가에 좀 다녀와야겠다고 허락을 받아야겠는데 마땅한 핑계를 댈 게 없어서 에라 모르겠다 하고 냅다 문을 박차고 무작정 달려왔다네. 평소 남편다운 행동이긴 한데, 그 말이 권가한테 꽉 잡혀 산다는 소리로 들려 약간 불쌍하더라고.

기회를 엿보느라 길 떠나기 좋은 시간대를 맞춰서는 못 오고 집 떠난 지 얼마 되질 않아 이내 날이 저물었던 모양이야. 당일 도착이야 애초 글렀으니 하는 수 없이 주막에 묵었겠지? 그런데 주막 여자가 수작을 부리더라는 거지. 처음 들른 주막인데다 처음 만난 여자였대. 얼굴이 가느스름하고 이맛전도 반듯한 것이 밉상은 아니더래. (공연히 내 앞이라고 그렇게 말하는 거겠지, 인물이 안 좋았다면 거들떠나 봤겠어?) 더구나 말본새에서 배운 티도 나고 비교적 젊은 나이하며 호감이 가는 여자였다고 하더라고. 그런 여자가 손님으로 든 남정네에게 노골적으로 성관계를 맺자는 말을 어떻게 할 수 있었겠어? 괜히 하는 소리지, 믿거나 말거나 하면서. 색기도 흐르고 음탕하기도 하고 분명히 그랬을 것 같아. 뭐 그게 중요한 건 아니지만.

반주 곁들인 밥상을 들고 와서는 옆에 앉길래 그저 적적해서 말이나 좀 섞자는 건가 보다 하고 생각하는 찰나, 자기하고 동침을 하자는 상상도 못한 말을 꺼내더라는 거지. 얼굴이 후끈 달아오르고 자기도 모르게 아랫도리에 불끈 힘이 들어가면서 피가 아래로 몰리더라는 거지. 이 무슨 해괴한 소린지, 자기 쪽에서 농락이라도 당한 듯 순간 정신이 아득해지더래. 하던 지랄도 멍석 깔아 주면 못한다더니, 날 잡아 잡수 하고 들이대니까 방망이 같던 그것이 순간 쪼그라들었다나?

꼭 그렇기만 했겠어? 그보다는 정기를 아무데나 누설하고 생각 없이 방사를 해서는 안 될 것 같은 어떤 느낌 때문에 품으로 파고드는 여자를 밀쳐냈을지도 모르지. 하긴 그 속을 어떻게 알아? 괜히 나한테 생색내려고 하는 소린지. 하긴 누가 물어봤어? 물어보지도 않은 말을 자기 스스로 술술 하는 걸 보면 꾸며서 하는 소리는 아닌 것 같았어.

그런데 이 사람이 그 여자한테 둘러댄 핑계가 더 웃겨. '내가 지금 집에 가는 길인데 다시 올라올 때 그때 안아 주리다.' 이랬다나 봐. 그 얘길 듣는 주막 여자 표정이 기괴하게 일그러지는데, 차마 똑바로 못 보겠더라나? 여자 자존심을 그렇게 무참히 뭉개 놨으니 그럴 만도 했겠지.

그렇게 해서 태어난 애가 율곡이야. 그 무렵 태몽을 또 하나 꿨어. 커다란 검은 용이 내 치마폭으로 덥석 달려드는 꿈이었어. 천사한테 아기를 받아 안을 때가 임신을 예고하는 꿈이라면 용은 사내아이를 낳을 것이라는 상징이겠지. 하도 꿈이 예사가 아니라서 친정에 몽룡실이라고 따로 방을 꾸며 두고 거기서 율곡이 태어나도록 했지. 근데 남편은 남편대로 율곡이 태어나기 전에 뭔가 한 일이 있었던 거야. 지금 내가 하려는 이야기에 얽힌 일이지. 파주에 율곡이라는 지명이 생겨난 유래이기도 하고.

율곡이 태내에 들어선 지 얼마 되지 않았을 때 남편이 어느 날

우연히 어떤 스님을 만났대. 그런데 그 아이가 호랑이한테 물려갈 팔자라고 했다나 봐. 그 소리를 듣고 펄쩍 뛰면서 액운을 면하는 방책을 알려 달라고 매달렸다고 하더라고. 자식 농사라곤 씨 뿌리는 것밖엔 하는 게 없던 양반이 그래도 자신이 뿌린 씨가 알곡으로 맺어지기는 바랐던 모양이야. 하긴, 내가 하도 맺힌 게 많다 보니 남편 말이라면 무조건 퉁명스럽게 나가는 게 있어서 그렇지, 사실 안 그런 부모가 어디 있겠어? 젊은 여자가 옷 벗고 달려드는 것도 물리쳐 가며 수태한 자식이 호랑이한테 물려가게 생겼다는데, 펄쩍 뛰고도 남을 일이지.

게다가 그 이유란 게 자신이 너무 덕을 쌓은 게 없어서 그렇다고 했다는 거야. 아버지로서 선업을 쌓은 게 전혀 없다 보니 자식 중에서도 가장 귀한 자식을 내놓아야 그간 허랑방탕하게 산 빚이 어느 정도는 탕감되게 생겼기 때문에 그런 재앙이 닥칠 거라고 했다는 거야. 얼마나 속이 뜨끔했겠어? 잘못 살아온 애비 죄를 자식이 뒤집어쓰게 생겼다는데.

남편이 절대 그래선 안 된다며 마치 지금 당장 호랑이가 눈앞에 나타나기라도 한 듯이 울며불며 매달리니, 스님도 딱했던 모양이야. 그럼 본가가 있는 파주 일원에 밤나무 천 그루를 심어 그것으로 마음의 수양을 삼고 이담에 보시를 하라고 했다는 거야. 그렇게 해서 죽어라 밤나무를 가져다 심었던 건데, 그래서 이후 마을 이름이 율곡리가 되어 버렸지. 율곡의 이름이 율곡이 된 유래도 거기서 비롯됐고. 우리 애는 용꿈을 꾸고 태어났기 때문에 아명이 현룡(見龍)이었어. 그러다가 나중에 '이(珥)'가 된 건데, 이라는 이름도 중요한 일을 하기 위해서는 무엇보다 경청이 중요하니 남의 말을 귀담아 들어야 한다는 의미에서 역시나 어느 스님이 지어 주셨어. 그래서 이름이 '이이(李珥)'가 되었고 호는 바로 밤나무골 이름을 그대로 따서 '율곡(栗谷)'이 된 거지.

이야길 좀 더 들어 봐. 그렇게 해서 아름드리 밤나무가 집 주위를 비롯해서 동구 밖까지 빽빽이 자랐겠지? 그러던 어느 날, 진짜 호랑이가 나타난 거야. 아이를 내놓으라고. 아이야 물론 내가 강릉 친정에서 데리고 있었지만 남편한테는 그런 일이 있었던 거지. 그럴 수는 없다고 사정사정 하니까 호랑이가 갑자기 스님으로 변하더니, 그렇다면 아이 대신 무엇을 시주할 수 있겠냐고 묻더라는 거야. 그때 번득 스치는 생각이, 전에 있었던 일이 바로 오늘을 대비하라는 뜻이었구나 싶더래. 대뜸 자신에게는 밤나무가 천 그루 있으니 그걸 드리겠다고 했대.

스님이 그러라고 하니 그때부터 밤나무를 베어 내기 시작했는데, 천 그루로 알고 심었던 밤나무가 막상 세어 보니 999그루뿐이더라는 거지. 처음 심을 때 한 그루를 빼먹었거나, 아니면 자라면서 말라 죽었거나. 여하튼 한 그루가 모자라더라는 거지. 이 양반이 하얗게 질려서는 이를 어째, 하고 신음을 흘리자니 숲 속 어디선가 커다랗게 외치는 소리가 들리더래. '나도 밤나무다.'라고. 그래서 나머지 한 그루를 채워 밤나무 천 그루를 절에 바치고 아들을 살려 냈다는 거지. 나도 밤나무의 전설이 거기서 유래했냐고? 그건 나도 몰라. 그냥 하는 소린지 알게 뭐야.

밤나무를 주고 목숨을 샀으니 우리 현룡이는 자연스럽게 율곡이라는 호를 갖게 된 거지. 세월이 흘러 어찌어찌 율곡이 율곡에 살게 되었으니 인연이 깊은 곳이긴 하지. 우리 집 양반이 자식들 위해서 한 게 있다면 밤나무를 잔뜩 심고 자기 업을 닦은 일이니, 그 사람은 아마 전생에 군밤장수였던 가봐. 그나마 율곡은 아비 사랑을 그렇게라도 받은 셈인데도 아버지로 인해 마음고생이 가장 심했던 걸 보면 그것도 참 알 수 없는 일이지. 아버지가 자신을 위해 심어 놓은 밤나무골에 와서 사는 동안 심신이 피폐해지고 우울증이 걸릴 지경이었으니……. 율곡이 시름시름 아프기 시작하면서 그 사람을 만났던 거야."

'그 사람'이야기를 다시 꺼내는 사임당. 지금까지도 그랬지만 인선이 사임당의 이야기를 재촉한 적은 없었다. 언제나 사임당 측에서 제 흥에 겨워, 제 한에 겨워 쏟아내듯이 모니터를 채워 나갔고 폭포수처럼 흘러내리는 글을 따라가는 인선의 눈길은 벅차기만 했다. 그러하기에 '그 사람'에 대해서도 사임당의 입이 열리길 기다릴 뿐, 인선 쪽에서 미리 궁금증을 드러낼 수는 없었다.

그러나 사임당은 지금 주저하고 있는 것이다. 그렇다면 인선이 먼저 운을 떼야 하는 것일까? 망설이기는 인선도 마찬가지였다. 그는 누구일까? 사임당이 사랑했던 사람이었을까? 역사가 숨긴 사임당의 연인이 있었던 걸까? 그렇다면 남편 이원수와는 정녕 무늬만 부부였던 걸까? 인선의 궁금한 마음을 읽은 듯 사임당의 편지가 모니터에 다시 떠올랐다.

"그는 의원이었어. 조상 대대로 의원인 집안 출신이었지만 의학적 지식이나 의술을 가진 사람 이전에 유교 경전이나 시, 그림, 서예 등 학문과 예술적 재능을 겸비한 선비였지. 사대부 버금가는 고상한 인품과 내면의 향기를 지니고 있었어. 내성적인데다가 사려 깊고 안정적인 성품이었기에 보는 이로 하여금 그런 느낌을 주었던 것 같아.

그를 처음 볼 때부터 언뜻 율곡의 성품과 많이 닮았다는 느낌을 받았어. 나보다는 다섯 살이 위여서 아들, 딸 두 자녀를 모두 출가시키고 고향 의원을 지키며 조용히 살고 있던 사람이었어. 그러다 보니 그는 마을 사람들의 아픈 몸은 물론 상한 마음까지 돌봐 주는 보호자요, 상담사 역할을 자연스레 하고 있었지. 남편은 원래 파주 사람이긴 했어도 아버지가 돌아가신 후 어릴 적에 어머니를 따라 한양으로 올라갔으니 그 집안은 안다 해도 남편을 기억하지는 못하는 것 같았어. 물론 풍문으로 덕수 이 씨 남정네 중에 야무지지 못한 사람이 하나 있다는 정도야 들었을 수도 있겠지만.

고향 마을을 지키며 책을 읽고 글을 쓰면서 문화 예술적 취향을 가진 의원이 돈을 밝힐 일도, 돈이 아쉬울 일도 없었을 테지. 그래서 그런지 그는 동네 아낙들의 선망의 대상이었던 것 같아. 하지만 워낙에 단아하고 범접할 수 없는 기품을 지녔기에 다만 흠모할 뿐 단순한 호감만으로 가까이할 수는 없는 사람이었어.

어쩌면 그에 대한 이 모든 평가는 내 머릿속으로 만들어 낸 이미지일지도 몰라. 흠모한 사람은 동네 여자들이 아니라 바로 나였고, 그에 대한 선망으로 치자면 켜켜이 쌓인 외로움으로 가슴이 늘 시린 나보다 더한 사람이 있었을까? 나는 그의 희디 흰 도포 자락의 섶이 미풍에 살짝 젖혀지는 것만 봐도 가슴이 울렁이곤 했어.

팔을 뻗어 내 옆의 사선으로 놓인 뭔가를 집으려다 그의 두루마기 소맷부리가 내 가슴께를 무심히 스치는 순간, 옷이 곧 그 사람이라도 되는 양 그의 품에 그대로 녹아내리고 싶을 때도 있었지. 가뭄의 논바닥처럼 내 가슴이 정에 메말라 푸석이며 갈라지고 있었음을, 그를 만난 이후 깨닫게 되었어. 나는 마치 물기가 다 졸아든 빨래 삶는 양재기처럼 내 속의 촉촉한 감성이 모조리 증발할 지경에 이르렀다는 걸 그 사람을 만남으로써 확인할 수 있었어. 그렇게 그 사람은 내 마음을 온전히 차지하고 내 안에 들어앉았지. 나는 괴로우면서도 달콤하며, 서러우면서도 정겨운 그런 그림 속으로, 시 속으로 그와 함께 걸어 들어갔던 거야. 그것은 한마디로 간절함이었어. 매우 절박한 간절함…….

그가 나를 먼저 봤다고 했어. 정확히는 나와 우리 아이들 넷을. 우리 다섯 식구가 서툰 농사를 짓고 있을 무렵, 우리는 타지 사람이었으니 누구의 눈에나 띌 수밖에 없었지. 그 무렵 밭두렁에서 새참을 먹고 있는 가난한 우리 다섯 식구가 그의 눈에도 띄었던 거야. 검박하고 단아한 뒤태, 연약하되 결코 나약해 보이지 않는 자태, 그러나 스스로의 긴장으로 세상과의 경계를 지은 함초롬함, 나의 뒷모습에서 본 그의 첫 느낌이 그랬대.

그리고는 무심히 지나쳤겠지. 무슨 사연으로 여린 아낙 혼자 타지에서 아이들을 힘겹게 건사하고 살아가고 있는지, 가난하지만 맑은 속이 비쳐 보이는 아이들의 표정 등, 정갈하게 갈무리된 한 폭의 그림을 보는 듯이 우리 가족을 지긋이 바라보며 그날 그렇게 밭두렁을 지나갔다고 했어.

우리는 그때 뭘 먹고 있었을까? 갑자기 부끄러움이 몰려왔어. 고추장에 풋고추 하나였다 해도 매창이 맛깔스럽고 깔끔하게 내왔을 테지만 우리의 초라한 풀밭 식사에 머물렀을 그의 눈길을 떠올리자, 뜻하게 않게 민낯을 보인 것처럼 수치스러운 마음이 들더군. 그리고 그날 나의 옷차림, 아이들의 매무새는 어땠는지, 공연히 나도 모르게 아이들을 야단치거나 내 성질에 겨워 화풀이를 하고 있진 않았는지, 그가 우리를 먼저 보았다는 말에 별의별 생각이 다 드는 거야.

이후 그의 병원이 어디에 있는지, 그의 하루 일과는 어떤지, 여가 시간엔 무엇을 하는지 공연히 관심이 가기 시작했어. 아마 그는 왕진을 다녀오면서 우리 다섯 식구를 본 것 같았어. 그 외에는 진료실을 나갈 일이 거의 없는 것 같았고. 그에 대해서 듣자고 동네 사람들을 붙잡고 물어볼 수도 없고, 그러면서도 그에 대해 참 많은 궁금증이 일더군.

동네 사람 이야기를 하니 말인데 우리야말로 동네 사람들의 호기심거리였지. 남편의 본거지면서도 정작 남자는 안 보이고 여자 혼자 아이들을 데리고 먹고사느라 시난고난하고 있으니 남들 눈에 우리가 얼마나 가엾고 기이하게 보였겠느냔 말이지.

그런 생각이 드니 혹시 그가 나와 아이들에게 보인 관심은 연민이나 동정이 아니었나 싶어졌어. 그게 사실이라면 정말 자존심 상하는 일이지. 내가 누구야? 결혼 몇 달 만에 요즘 말로 하면 고시 공부하러 길 떠난 남편이 옆길로 새는 바람에 남편을 어이없이 뺏겨 버린 것만으로 충분히 자존심 상한 사람인데, 그저 동정과 연민, 호기심에 불과한 시선에 마음이 뺏기고 가슴이 설렌다는 건 죽는 것보다 더 자존심 상하는 일 아니겠어?

하지만 그와 내가 직접 만날 일이 곧 생겼지. 지금까지 이야기한 나에 대한 그의 느낌은 아주 훗날 그가 독백처럼 내게 들려준 말이었을 뿐, 그와 나는 실상 일상의 공간에서 덤덤히 만났던 것뿐이야. 그렇지 않았겠어? 그는 한 가정의 건실한 가장이자 두 자녀를 출가시켜 사위, 며느리까지 둔 한 집안의 기둥 같은 존재이고, 나는 나대로 껍데기뿐이지만 한 남자의 아내였으니까. 무엇보다 나는 율곡을 비롯해서 세 아들과 딸을 둔 꿋꿋한 엄마였잖아. 내 몸, 내 마음 어느 틈을 비집고도 그에게 나를 '여자'로 보여 줄 수 있는 여지를 만들어 낼 수는 없었어.

그러던 어느 날, 율곡이 아팠어. 전에 말했지만 그 아이는 한양 할머니 댁에서 아버지와 함께 문으로 들어서는 권가를 마주친 이후로 마음에 큰 충격을 받기 시작했던 거야. 아무리 어려도 올곧고 정의로운 천성은 어쩔 수가 없나 봐. 아버지가 큰일을 하거나 자랑스러운 사람은 아니라도, 스스로와 가족에게 부끄럽지 않도록 성실하게는 살고 있을 거라는 막연한 믿음이 무너지는 현장을 직접 본 거지. 시어머니를 모시고 살지 못하게 된 계기도 거기서 비롯된 거고. 율곡이 너무 힘들어했으니까. 아마 율곡 인생에 두 번 큰 충격이 있었다면 그때 그 일과 내가 갑작스레 죽은 일이 아닐까 싶네. 아, 아니다. 새어머니 권가에게 시달린 것이 가장 크겠구나.

첫 번째 충격이야 내가 그래도 옆에 있었으니 달래고 어루만져 줄 수 있었지만, 두 번째 일은 나 자신의 일이니 어떻게 해 줄 수가 없었지. 그래서 그만 절에 들어가 버렸던 거고……. 지금 생각하면 내가 죽고 권가 그 여자하고 그렇게까지 부대낄 때 율곡이 기댈 수 있는 곳이 그였던 것 같은데 그와도 발길을 끊어 버렸지.

연로하신데다 딸을 잃고 망연자실하고 계실 강릉 외할머니한테야 걱정 끼쳐 드리고 싶지 않아 찾아가지 않았다 하더라도, 그 사람에게 의지하고 위로받을 수 있었을 텐데 그렇게도 하지 않았던 거지. 내 자격지심일지 모르지만, 어쩌면 율곡은 아버지가 부정을 저질렀듯이 엄마도 같은 일을 했기에, 엄마의 지난한 인생을 이해는 하면서도, 어머니도 위로와 안식이 필요했다는 것을 진심으로 이해하면서도 윤리 도덕적으로는 끝내 용납할 수 없었던 거겠지. 율곡다운 일이지.

그래서 내가 죽은 후 그 사람과도 영원히 연을 끊어 버렸던 거겠지. 변명하진 않겠어. 나와 남편과의 관계와, 아이들과 남편과의 관계는 엄연히 다르니까. 아이들이 아버지를 미워하고 내 편을 들게 된다면 아이들의 내면은 반쪽으로 분열되고 마는 거니까. 아이들은 부모로부터 각각 절반씩을 받아 지금 자신의 모습으로 서 있는 거니까. 어느 한쪽이 위태롭게 되면 자신들의 기반 자체가 흔들리는 거니까.

한 사람의 인간으로서, 한 여자로서 나는 나 자신의 행위에 대해 나를 다독일 수 있어. 괜찮아, 그럴 수 있어, 너도 힘들었으니까, 너도 사람이니까 하면서 말이야. 하지만 자식들에게까지 이해를 받을 수는 없었던 거지. 매창은 같은 여자니까 또 마음이 달랐을 테지만 선과 번, 율곡, 그리고 그 밑의 세 아이들이 엄마의 인간적 고뇌와 갈등을 이해해 줄 거라고는 애초 기대하기 어려웠다고 봐야겠지.

파주에 내려온 후부터는 살림살이가 전에 없이 궁색해졌지만, 가족들 모두 정신적으로는 많이 안정되어 가더라고. 그런 중에 율곡의 건강에 계속 신경이 쓰였어. 겨우 배 주리지 않을 정도였지만 그래도 끼니를 거른 적은 없는데 유독 율곡은 형들과 달리 기운이 없고 처져 있을 때가 많았어. 율곡이 12살 무렵이었던 것 같아. 그렇게 해서 그의 진료실을 찾게 되었고, 그것이 나와 그의 첫 만남이었던 거야.

그의 첫인상은 아까도 말했듯이 온화하고 안정되어 보였어. 우리 모자를 만난 적이 있다는 말을 그때 꺼내더라고. 밭두렁에서 새참 먹던 때 우릴 봤다고 말이야. 와락 창피한 마음이 들면서 얼굴이 화끈 붉어졌어. 갑자기 내가 얼마나 초라하게 느껴지던지……. 낡은 저고리 소맷부리에 보풀보풀 일어난 실밥을 나도 모르게 손으로 가리는데, 이번엔 거칠고 주름진 손등이 그대로 드러나는 거야. 그러자니 검게 그을린 목덜미, 귀밑 흰머리까지……. 그에게 드러내기에 부끄럽지 않은 부분이 없는 거 있지.

율곡에게 그런 모습 보이지 않아야 하는데 나도 모르게 그만……. 그는 그런 나의 부끄럽고 수치스러운 속내를 아는지 모르는지 무심히 눈길을 거두더니 곧 율곡에게로 시선을 향했어. 그의 눈길이 율곡의 반듯한 이맛전을 지나고 이어 다소 불안해 보이는 눈빛에 머물렀어. 그러나 곧 율곡이 그를 단정하고 맑은 시선으로 응시하나 싶더니, 두 사람 사이에 경계심과 긴장이 거두어지며 친밀한 기운이 감도는 느낌을 받았어.

나는 문득 두 사람이 꼭 닮았다는 느낌이 들었어. 둘의 정신세계가 어떤 끈으로 연결되어 있는 느낌, 고결하고 고상한 두 닮은꼴 영혼이 서로 마주하고 있는, 그리고 전에도 이런 만남이 있었던 것만 같은 알 수 없는 기시감까지. 나는 마치 부자간의 마주함을 대하는 한 가정의 어머니라도 된 듯한 착각으로 그 짧은 순간이 평온하기 그지없는 영원처럼 느껴지는 거야. 그 만남이 영원하기를, 또한 나 역시 그 평온한 구도 속에서 행복이라는 이름표를 달고 현실의 모든 시름을 잊은 채 한 위치를 차지할 수 있다면 하는 얼토당토않은 바람이 일어나는 거라.

그의 소년기가 마치 지금 율곡의 모습일 것만 같고, 단아한 그의 풍모는 이다음 율곡의 성장한 모습을 미리 보여 주는 듯했어. 율곡은 그를 통해 굶주렸던 아버지의 정을 채우고 싶어 했던 것 같아. 위의 두 형과 누나도 마찬가지지만 율곡은 특히 아버지 얼굴도 모르고 컸으니. 편모슬하와 다름없이 자라는 아이들이 늘 안쓰럽고, 내가 아무리 최선을 다한다 해도 한쪽 부모로서는 채워 줄 수 없는 게 있으니 그가 율곡을 만나는 동안에는 아버지의 존재가 마련되는 것만 같았지.

율곡은 서슴없이 사람을 대하는 성격이 아니었지만 그에 대해서만큼은 신뢰가 깊었지. 얼마나 다행한 일인지. 섬세하고 예민한 미소년이 자기만의 동굴에 갇혀 마음에 어두운 그늘을 드리우고 있었던 차에 아버지이자 스승을 대신할 어른을 가까이 모시게 되었으니, 이보다 더 큰 행운이 어디에 있었을까.

율곡의 우울한 심사를 시나브로 맑고 밝게 되찾아 준 은인을 만나게 되었으니 율곡이 지금의 율곡이 된 것은 질풍노도와 같은 사춘기를 함께 건너 준 그가 있었기 때문이라고 해도 과언이 아니야. 그는 율곡 옆에서 학문과 예술을 논하고 사람의 도리와 윤리, 도덕을 이야기하며 율곡의 사람 됨됨이를 깊여 주고 다듬어 주었어. 그의 학식과 예술에 대한 이해는 탁월한 수준이었는데, 그의 고결한 인품이 그것을 받쳐 주고 있으니 그야말로 삶의 향기가 저절로 묻어나고 피어올랐던 거야.

이후 밭고랑에서 다른 아이들과도 몇 번 만난 적이 있지만 자신과 코드가 맞는 율곡에게 더 자애로웠고 자상한 정을 쏟았던 그는 율곡을 사이에 두는 한에서 나한테도 자연스럽게 대했어. 그와 내가 만날 때는 늘 율곡이 있었으니까. 아니 율곡과 그가 만날 때마다 내가 있었다고 하는 게 옳은 말이겠지. 그렇게 우리 세 사람은 남들이 보면 꼭 다정한 한 가족처럼 가깝게 지내게 됐지.

그는 아내와 단 둘이 살고 있었지만 부부관계가 좀 소원한 것 같았어. 어느 날 율곡이 부인을 진료실에서 본 적이 있었대. 율곡의 말에 의하면 스승님과는 달라도 많이 다른 분이었다고. 직설적이고 자기중심적이고 독선적이고 심지어 다소 천박해 보였다고. 어린아이가 단박에 그런 묘사를 할 수는 없었을 거라고? 그 남자를 좋아하는 내 마음이 상대적으로 그의 아내를 깎아내리고 싶은 심리로 아이의 입을 빌려 말하고 있는 거라고?

그런 면이 아주 없지는 않겠지만 그래도 그건 약간 오해야. 율곡은 말이야, 겨우 세 살 때 외할머니가 석류를 보여 주자 '부서진 붉은 구슬을 싸고 있는 껍질'이라는 옛 시를 인용했을 만큼 총명했고, 일곱 살 때는 진복창이라는 포악한 사람이 있었는데 그 사람을 보고는 사람됨이 거칠고 속에 불만이 가득하다, 지금은 잘나가는 것 같지만 저런 사람이 높은 자리에 오르면 근심이 끝이 없을 것이라는 말을 서슴없이 했거든.

그렇게 어릴 적부터 불의를 보면 못 참는 정의로운 아이였어. 그 사람은 나중에 율곡의 예언대로 흉한 꼴을 보게 되는데, 물론 시시비비에 밝다는 것이 꼭 좋은 것은 아니지만 그 정도로 율곡이 사람 보는 눈과 총명함이 있었다는 말을 하려는 거야. 열 살도 안 된 어린아이가 모두들 굽신대며 머리를 조아리는 위정자에게 대놓고 그런 바른말을 한다는 것이 쉬운 일은 아니라는 의미로 하는 말이지. 그의 아내에 대해 율곡이 받은 인상이 그랬다는 건데, 그렇게 말하기까지 제 눈앞에서 무슨 일이 있었을 테지만 계집아이들처럼 미주알고주알 일러바치지 않으려는 것이었겠지.

그러니 그분 아내에 대한 율곡의 평은 아무리 어린 눈이라 해도 믿을 만하다고 생각이 되네. 그는 그런 아내를 묵묵히 포용하며 한평생을 산 듯했어. 한평생이라고? 내가 봤냐고? 물론 본 적 없지만 그렇게 말할 수 있을 것 같아. 훗날 그의 아내에 대해 내가 직접 들었을 때, 나는 대번에 권가 여자를 떠올렸지. 그의 아내와 권가가 마치 한 사람인 것처럼 내 머리에서 짜 맞춰지는 거야. 생긴 모습이 비슷한 사람이 있듯이 속도 비슷한 사람들이 있지. 생긴 거하고 속하고 함께 비슷한 사람도 있고. 닮은 사람은 사실 외모도 성격도 함께 닮은 경우가 많아.

그는 어이없을 정도로 자신과는 달라도 너무 다른 아내로 인해 마음이 늘 무겁고 닫혀 있는 상태였지만, 남편으로서의 도리는 다 하는 것 같았어. 존중이라고 해야 하나. 상대를 있는 그대로 인정한다는 것, 그것처럼 힘든 일이 없는데 그는 그의 아내를 평생 그렇게 대한 거야. 좀 엉뚱하게 들릴지 모르지만, 율곡이 훗날 권가 여자를 새어머니로 모시며 도리를 다한 것도 그 사람에게서 보고 배웠지 싶어. 그는 율곡의 대부와도 같은 사람이었어. 묘목이 자라 동량이 되는 시점, 세상으로 나갈 채비를 하고 자기 생각의 뼈대를 세우는 중요한 시기에 그가 율곡과 함께해 주었던 거지.

훗날 자운서원이 파주에 서게 되는데, 그곳에는 율곡의 향취만 있는 게 아니야. 율곡의 영원한 후견인인 그의 자취가 곳곳에 배어 있고 그의 기운이 서려 있다는 것을 후세 사람들은 알지 못하지만, 자운서원은 그와 율곡 그리고 나의 추억, 우리의 기억, 세 사람의 영혼이 서린 곳으로 내 인생의 가장 아름다웠던 마지막 몇 년을 말없이 품어 주고 있는 곳이야."

율곡의 정신적 지주, 영적 후견인인 그에게 사임당은 모든 것을 다 주어도 아깝지 않았으리라. 불꽃같은 예술혼으로 빚어진 한 인간이 자신의 내면세계에 전적으로 공감해 주는 대상을 만났을 때 그와 사랑하지 않는다면, 도대체 사랑은 뒀다 어디에 써먹을 것인가.

"나는 그를 사랑했어. 나는 한때 그에 대한 나의 마음을 거짓이라고, 터무니없는 것이라고 세차게 고개를 저었지. 나는 엄연히 남편이 있는 여자니까. 내 남편 이원수는 불현듯 나를 찾아와 내 안에 자기의 것을 쐐기처럼 박아 넣고, 그러고 나면 이듬해 그 증거로 새끼가 태어나니 내가 어떻게 이원수의 아내라는 엄연한 현실에서 잠시라도 벗어날 수 있었겠어? 그럼에도 그에 대한 내 마음은, 율곡의 눅진했던 마음이 보송보송 말라 가듯이 덩달아 가볍게 달아올랐어.

그와 율곡이 옛 시를 읊으며, 산수를 노래할 때면 나도 거들며 장단을 맞췄지. 그들 두 사람이 틀릴 때도 있었는데, 그럴 땐 내가 끼어들어 바로잡아 주곤 했어. 그러면 그는 감탄어린 표정으로 나를 지긋이 바라보았고 나는 하늘을 나를 듯 기쁘고 가슴이 두근거렸어. 이런 대화가 얼마만이며, 이런 마음의 교류가 또 얼마만인지. 생활에 찌들어 푸석거리던 내 마음에 대지의 단비가 내리는 듯했어. 마치 먹물이 화선지에 스며들 듯 그의 존재가 내 안에 그렇게 번져 가고 있었던 거야.

또한 동시에 나는 그를 내 마음속에서 몰아내려고 안간힘을 썼어. 선잠을 자다 낭떠러지에서 떨어지는 꿈에 깜짝 놀라 정신을 차릴 때처럼 그를 향해 내달리는 내 마음을 의식할 때마다 소스라치게 놀라며 당장 멈춰 서라고 스스로에게 명령했어.

그렇게 시간이 흘러갔어. 그러던 어느 날, 우리에게 아프고도 슬픈 기억이 만들어졌지. 돌이켜 보면 율곡이 일부러 그런 상황을 만든 건지도 몰라. 아무튼 그날 우리에겐 그 일이 있었고, 얼마 후 나는 죽음으로 그를 떠나야 했지. 사람은 말이지, 그 많은 기억들을 등에 지고도, 그 기억의 무게에 휘어지지 않고 또 살아갈 수 있는 존재란 것이 새삼 놀라워.

나중에 알았지만 우리 가정사에 대해선 내가 오기 전에 그가 이미 들은 바가 있었더라고. 그러니까 파주에 토박이로 살았던 사람이니, 그도 남편에 대해 들은 바가 아주 없었던 건 아니었던 거지. 남편이 혼인하게 된 시점도 어렴풋이 기억하더라고. 그는 남편보다 세 살 연상이었는데, 어릴 적에는 동네에서 이따금 마주친 적도 있었을 거라고 하네. 아버지 돌아가신 후 모자가 고향을 떠나 한양으로 간 지 한참 지나 풍문으로 듣기를, 강릉의 어느 참하고 반듯한 규수에게 장가를 들게 되었다고 하더래.

난 그에게서 그런 뜻밖의 말을 듣는 것이 창피하면서도 피붙이에서 느껴지는 내 편이라는 묘한 감정이 올라오는 걸 느꼈어. 못난 남편을 감추고 싶고 감싸 주고 싶은 마음과 그에게 의지하고 싶고 그에게 남편 욕을 푸지게 쏟아내고 싶은 두 마음이 교차했던 거지. 그런 그의 눈앞에 내가 나타난 것은 그로서도 매우 놀라운 일이었던 거지.

'강릉 그 귀한 아씨가 바로 당신이었구려!'

그의 그 말이, 무심히 던진 말일 수도 있는 그의 그 언급이 나의 전 존재 속으로 파고드는 듯했어. 혼인하기 전, 부모님의 사랑과 자랑이던 둘째 딸 인선으로 살던 때, 부모님의 찬란한 자부심에 힘입어 스스로 혼불을 지펴 사임당이 되었던 그 시절이 그의 한마디 말로 인해 내 가슴속으로 휘돌아 찾아드는 순간이었어.

잔잔한 파문이 동심원처럼 일면서 아스라이 울림이 되어, 가슴에서 시작된 그 울림이 어느새 내 얼굴을 진동시키며 붉게 물들이기까지 했던 거지. 나라는 사람을, 나라는 존재감을 그가 다시 일깨워 줬던 거야. 내 이름, 내 인생을 살고 싶었던 내가 세월의 모진 할큄을 당하며 지금 이렇게 상처투성이가 되었는데, 그 지쳐 가고 시들어 가던 몸과 마음을 그가 가만히 흔들어 안아 주었던 거지.

그래, 나는 귀한 사람이었던 거야. 마치 사막에서 길을 찾은 듯, 들꽃이 이름을 불린 듯, 주인을 새로 만난 유기견의 푸석했던 털에 윤기가 돌 듯 내 삶이 탄력 있는 공처럼 부풀어 올랐어. 누군가에게 관심을 받고 귀함을 받는 존재가 된 느낌, 그것을 감히 사랑이라고 말하고 싶었던 거야. 꽁꽁 여민 쌀자루 주둥이가 풀리면서 쌀알이 와르르 쏟아져 내릴 때처럼 내 속에 꽁꽁 여며 둔 사랑의 자루가 터져 주체할 수 없이 흘러내리기 시작한 거였어. 그에게로 향하는 나의 마음은 그처럼 건잡을 수 없었던 거야.

사랑이란, 속된 말로 마주쳐야 소리 나는 손뼉 같은 것이지. 내가 그에게 그토록 마음이 기울면서 그를 향해 마구 달려가고 있었다는 뜻은, 그 역시 반대 방향에서 나와 같은 속도로, 나와 같은 갈망에 몸과 마음을 내맡긴 채 내 쪽으로 달려오고 있었다는 의미가 될 거야. 그러나 그에 대한 나의 간절함과, 그에 대한 나의 배려와, 그에 대한 나의 순수함은 그를 다치게 하고 싶지 않았고, 그가 곤란한 지경에 처하도록 두고 싶지 않았고, 무엇보다 그의 가정을 지켜 줘야 한다는 긴장에서 한순간도 벗어난 적은 없었어.

그럼 나는 지킬 가정이 없었냐고? 물론 있었지. 그와 그토록 가슴 저미는 애틋한 시간을 보내는 중에도 남편은 집을 들락날락했으니까. 남편에 대한 깊은 죄의식과 내 본능의 충동이 한바탕 싸움을 하고 난 후의 허탈하고 아픈 내 마음을 어떻게 표현해야 할지. 디디고 있는 현실에서 한 발짝도 떼지 못하면서도 마음은 전우주를 떠도는 듯했어. 그와 나눈 실없는 농담 한 조각까지도 무의미하게 공중에 흩어지게 할 순 없었으니까.

그의 맑은 웃음, 선한 눈매, 긴 손가락, 넓고 판판한 가슴, 조심스레 내딛는 정갈한 걸음걸이에 나는 온 정신과 혼을 빼앗긴 듯했고, 그를 가슴 벅차게 떠올릴 때마다 같은 분량의 허무와 안타까움이 밀려들었어. 밀고 당기는 파도처럼 내 마음이 몸살을 앓고 있는 중에 내 몸을 다루는 둔탁하고 거칠고 무례한 손놀림은 언제나 남편의 것이었지. 그는 단지 남편이라는 이유만으로 내 몸을 유린하듯 함부로 대할 수 있었던 거야. 그것은 뻔뻔한 그의 권리이자 무력한 나의 복종이었지.

그가 내 영혼에 닿은 이후, 남편과의 잠자리는 폭력 그 자체였어. 남편은 그저 나를 고깃덩어리 무두질하듯 짓이기며 내 위에서 가쁜 숨을 몰아쉬었을 뿐이야. 전에도 말했지만 내 몸 안에 자기 몸을 들여놓으며 응어리 진 열등감을 녹여내는 것 같았어. 그 무렵 남편은 처자를 먹여 살릴 수 없다는 자괴감이 갈수록 심해져서 그 반작용으로 내 몸을 더 거칠게 다뤘어. 아프게 젖가슴을 쥐어짜고 유두를 비틀며 아랫도리 주변에 타박상이 생길 정도로 육체의 힘을 과시하며 나를 몰아붙였지.

남편이 내게 가하는 밤의 폭력은 어둠과 함께 검은 힘이 되어 무섭고도 집요했어. 하지만 나는 가만히 내버려 뒀어. 분노와 증오, 미움과 원망, 미안함과 속죄, 그 어떤 감정이든 그의 내면이 그의 아랫도리를 통해 배설되고 정화되기를 바라면서.

남편이 내 배 위로 올라올 때마다 속으로 나는 그를 다급하게 불렀어. 매달렸어. 그가 나를 구원해 주기를. 그가 나를 이 남자의 소란스럽고 거친 숨결을 멈추게 하고, 대신 자신의 섬세하고 유려한 애무의 손길로 내 영혼을 천상으로 인도해 주길.

남편에 대해 나도 나름 복수의 수단이 없었던 건 아니야. 무슨 말이냐고? 남편과의 갈등이 깊어지고 현실의 삶이 나를 속박할수록 그에 대한 그리움과 정염을 에너지 삼아 내 그림은 깊어져 갔어. 지금 후세에 전하는 내 그림은 모두 삶의 고난이 고비고비 닥칠 때마다 그 고통을 견뎌 내며 몸부림 친 영혼의 존재 증명과도 같은 것이야. 나 아직 살아 있다는 절규라고 할까?

내 그림 중에 잘 익은 수박을 쥐 두 마리가 갉아 먹는 것이 있잖아. 크고 잘 익어 농염해진 수박은 나를 상징하고, 쥐는 바로 원수 같은 남편 이원수를 의미하지. 내 살과 정신을 다 갉아 먹는 이원수. 그 옆에 쥐도 역시 이원수야. 한 놈은 내 몸을 갉아 먹고 또 한 놈은 내 영혼을 갉아 먹는. 먹고 있는 건 똑같은 수박으로 보여도 그 수박은 결국 나의 몸과 마음이니까. 그럼에도 수박은 엄청나게 크고, 들쥐는 매우 작지. 나의 그릇이 그만큼 커서 남편이 나를 아무리 힘들게 해도 넉넉히 받아들이고 견뎌 내리라는 상징이기도 해.

더구나 나의 수박은 마치 빨간 입을 드러내며 해학적인 웃음을 웃고 있는 것처럼 보이지 않아? 나는 남편이 나를 그렇게 파먹어도 둥글둥글한 수박처럼 넉넉하게 품어 주려고 했던 거야. 그 옆에 작은 수박덩이가 또 자라고 있지? '남편이 나를 다 갉아 먹으면 이번엔 아이들도 나를 갉아 먹겠지?'하는 마음으로 미리 그려 넣어 뒀고, 주변의 꽃과 나비는 그럼에도 아름다운 자연을 표현하고 싶었어. 인간의 고통이 아무리 커도, 자연의 큰 품에서 보면 그저 하나의 무심한 일, 누구에게나 일어날 수 있는 일일 뿐이라고 생각했거든. 그것이 곧 자연이 인간에게 주는 위로의 방식이기도 하지.

자연은 사사로이 인정을 베풀지 않지. 다른 말로 하자면 편애나 편견이 없다는 뜻이기도 해. 그러기에 진정한 위로를 베풀 수 있는 것이라고 나는 믿는 거야. 나의 희생이 누군가에게는 생명이 되어 인간 세상의 조화와 균형을 이루어 가는 의미를 자연 속에서 찾고 싶었어. 그럼에도 나는 그 그림을 그릴 때 남편을 쥐새끼로 표현하면서 쾌감을 느꼈던 거야. 하하하.

근데 원래 그림을 시작할 때는 가로로 길게 이어져 있는 수박줄기처럼 남편과 내가 한 덩이가 되어 쥐새끼 따위가 갉아 먹든 말든 세상 풍파 속에서도 오래오래 해로하면서 행복하게 살고 싶은 소망을 담았더랬지. 이 그림뿐 아니라 내 그림에는 남편에 대한 소망이 곳곳에 담겨 있어. 안 그랬겠어? 코빼기 보기 어려운 양반인데다 같이 산 세월이 너무 적으니 앞에 앉혀 두고 말을 섞을 수 없는 처지였잖아. 그러니 나는 그림을 통해 남편과 대화를 나눈 거지. 내가 다른 여자들처럼 길쌈 대신 틈 날 때마다 그림을 그렸던 것은 나를 포기하고 싶지 않아서이기도 했지만, 그림 속으로 남편을 초대하여 이렇게 바가지도 긁고, 말도 걸고, 도란도란 얘기하는 그런 순간을 만들고 싶었기 때문이지.

남편을 사랑했냐고? 글쎄……. 그것이 사랑이었을까? 나는 말이지, 뭐든 나하고 맺어진 관계를 내 쪽에서 먼저 끊어 내는 것을 원래 잘 하질 못해. 어떤 인연이든 내 쪽에서 먼저 정리해 버리는 건 나한테는 잘 안 되는 일 중 하나이지. 하물며 남편과의 인연을 어떻게 정리해? 한 번씩 속이 뒤집힐 때 해 보는 소리일 뿐. 하지만 지금 인선 시대에 내가 살았다면 어쨌을까? 그래도 여전히 애들 아버지라는 이유로 헤어지지 못하고 살았을까?

어쨌든 나는 내 세계가 있는 사람이었으니까. 남편과의 삶과 나의 삶을 분리할 줄 아는 사람이었으니까. 글씨도 쓰고, 그림도 그리고, 글도 짓고, 책도 읽고 이런저런 공부를 하면서 남편에게만 집착한 세월은 거의 없었지. 현실이 중요하면서도 이상이 있었고, 이상이 중요하면서도 현실에서 발을 뗀 적은 한 번도 없었어. 주어진 상황에서 최선을 다했고, 동시에 주어진 상황이 전부라고 생각한 적도 없었어. 그 균형이 가능했던 것은 바로 나의 세계, 구체적으로 예술 세계가 나를 구원하며 적절한 균형을 잡아 주었기 때문이야.

남편에 대한 그림을 또 하나 말해 볼까? 사람들은 내가 꽃과 풀벌레, 과일 등을 주로 그린 줄 알지만 언젠가 쏘가리를 그린 적이 있었어. 그 그림엔 남편이 어서 과거에 붙어서 벼슬길이 열리고 출세하기를 바라는 마음을 담았지. 쏘가리 궐(鱖)자와 대궐 궐(闕)

자가 비슷하게 생겼잖아. 내 꽃 그림 중에 자주 나오는 맨드라미도 닭 벼슬을 연상하게 되는 꽃이잖아. 닭 벼슬이 뭐겠어? 말 그대로 벼슬이지, 관을 쓰는 것. 남편의 출세를 바라며 그린 꽃이란 의미지.

나도 젊었을 때는 여느 아낙처럼 남편이 잘되고 자식들이 잘되는 것을 간절히 소망했거든. 그러나 내 소망과는 상관없이 남편은 남편의 길을 가고 내게는 그림만 남게 된 거지. 남편은 내게 예술을 남겨 주기 위해 현실에서 그다지도 고통을 주었던가 봐."

사임당은 남편을 자신의 예술세계로 끌어들이고 있지만, 정작 하고 싶은 말은 그 남자에 관한 것이 아닐까. 그런데 어쩌자고 자꾸만 그림 이야기만 하는 걸까?

"내가 그린 산수화가 몇 점 있는지 알아?"

갑작스런 질문이었다. 한 점, 아니면 두 점 정도밖에 되지 않는다는 건 알고 있었다. 왜냐하면 규방의 여자들이 밖으로 나돌아 다니는 것이 허용되지 않을 때이니. 어린 시절, 안견의 산수화를 따라 그린 것이 어쩌면 전부일지도 모르는데 사임당이 불쑥 이런 질문을 해 온 것이다. 게다가 사임당의 말처럼 송시열이 이미지화 작업을 할 때 조신하게 가정을 돌보는 사임당이 필요했던 거지, 남자들처럼 밖으로 나가 풍광을 화폭에 담는 사임당은 불필요할뿐더러 이미지화 작업에 방해가 될 뿐이니 있던 산수화도 감춰야 할 판이 아닌가.

"당황할 건 없어. 질문을 바꿔 해도 되니까. '세상에 알려지지 않은 나의 산수화가 또 한 작품 있다는 것을 알고 있는지?'라고."

더 당황스러운 말이었다. 지금까지 사임당의 산수화가 몇 점이 드러나 있건 간에 감춰진 또 한 점의 산수화가 있다는 소리였다. 그리고 다른 어떤 그림보다 그 그림이 사임당에게는 중요한 의미를 지니고 있다는 뜻을 내비치고 있는 것이다. 사임당의 진의를 짐작하기도 전에 말이 이어졌다.

"그와 얽힌 안타까운 추억이 마지막 산수화의 행방과 관련이 있어. 내가 죽기 2년 전이었던 것 같아. 그와 봉평으로 나들이를 떠난 일이 있었어. 물론 율곡도 함께였지. 왜 하필 봉평이냐면 파주에서 지내는 시간이 늘어날수록 혼자 계신 강릉 어머니가 그립고 잘 지내시는지 염려가 되던 참이었어. 마침 율곡도 마음의 어둠이 거의 걷히고 건강을 되찾은 때라 강릉까지는 못 가더라도 세 사람이 봉평을 가 보기로 했던 거야.

그런데 웬일인지 율곡이 우리더러 먼저 떠나라는 거야. 자신은 잠깐 처리할 일이 있다고 하면서. 그 무렵 율곡은 다가 올 과거 준비를 하고 있었거든. 응시를 앞두고 준비해야 할 서류가 몇 가지 있고, 미리 제출해야 할 것들도 있다고 했어. 그러면서 곧바로 뒤따라 갈 테니 두 분이 먼저 가시라고 은근히 재촉을 하더라고.

율곡 없이 그와 단 둘이 있어본 적이 없어서 어색하고 당황스러운 마음이 없지 않았지만 바로 뒤따라온다고 한데다, 일을 마칠 때까지 기다리겠다고 하면 율곡이 부담을 느낄 것도 같았어. 또 싫다고 하는 것이 도리어 이상하게 여겨질 수도 있어서 그렇게 하겠노라고 했지. 표면적으로 그와 난 그 정도는 스스럼없는 관계였으니까. 또 그래야 율곡에게 자연스럽게 비쳤을 것이고. 나는 붓과 벼루, 화선지를 챙겼어. 산수화를 그릴 수 있는 드문 기회였기에 일부러 그렇게 짐을 꾸린 거지. 마침 율곡과 동행하지 못했으니 두 사람 사이의 어색한 시간도 메울 겸.

얼마 만에 쐬어 보는 바깥바람인지. 궁핍한 살림과 희망 없는 남편, 무엇보다 보살펴야 하는 어린 것들로 어깨가 눌리는 현실의 무게를 그림으로 한 번씩 내려놓곤 했지만, 그렇게 주어진 상황에서 최선을 다하면서도 언제나 집주변을 맴도는 생활이었거든. 그런데 툭 터진 자연을 앞에 두니 대관령과 경포대의 품에서 세상모르던 어린 시절로 돌아가는 것처럼 마음이 가볍고 명랑해지더라고.

자연이 주는 위안과 자연이 주는 치유에 대해 인선도 잘 알 거야. 마침 그때는 메밀꽃이 한창 피던 가을이었지. 흰 구름이 두둥실 가벼이 떠 있는 푸른 하늘을 저고리처럼 받쳐 입고 연미색 섞인 흰 메밀꽃이 넓디넓은 치마폭처럼 펼쳐져 있던 곳, 꽃 천지가 펼쳐진 장관 앞에 두 사람은 누가 먼저랄 것도 없이 발걸음을 멈추고 눈물마저 글썽이며 한동안 말없이 흰 벌판에만 시선을 두었지.

그 자리에서 화구를 꺼내 그림을 그리기 시작했어. 그것은 경이로운 자연에 대한 나의 자연스러운 반응이자 찬탄의 몸짓이었지. 그렇게 시간은 정지된 듯 흐르고 섬세히 붓을 움직이는 나의 어깨 너머로 비껴 앉아 있던 그의 시선이 몇 번이나 오갔을 거야. 얼마나 시간이 흘렀을까. 메밀꽃에 물든 나의 희디 흰 마음이 그에게 울렁증을 옮겨다 주었을까. 그는 마치 가벼운 현기증을 느낀 사람처럼 붓을 쥐고 있지 않은 내 왼쪽 어깨에 이마를 가벼이 올리며 작게, 아주 작게 머리를 좌우로 흔들었어. 미미한 메밀꽃 색채처럼 미미한 그의 체온이 어깨를 타고 왼쪽 가슴으로 전해졌어. 그는 고뇌하고 있었던 거야.

그가 안쓰럽다고 느끼는 순간, 갑자기 내 어깨를 그러쥐고 나를 돌려 세웠어. 내 심장의 고동소리가 그의 이마까지 전달되고 있었던 걸까. 돌려진 몸 그대로 내 시선이 그의 가슴 중앙을 지나는 도포 여밈 끈에 붙박였어. 그러나 차마 고개를 들어 그의 눈을 바라볼 수가 없어서 나는 그의 가슴팍에 얼굴을 묻고 말았던 거야. 그의 팔이 나를 안으며 불끈 힘을 주는가 싶더니 섬세하고 긴 손가락이 이내 나의 턱을 고이 받쳐 들고 나의 두 입술을 가만히 어루만지기 시작했어. 나의 고개가 자연스럽게 들렸고 그와 시선이 부딪히려는 순간, 나의 입술에 그의 입술이 격렬히 포개졌지.

쪽빛 휘장을 수줍게 젖히며 밤하늘 무대로 홀로 나온 희디 흰 달빛, 그 은빛에 얼비쳐 흰 소금을 뿌려 놓은 메밀밭에서 그와 나는 한 몸이 되었어. 가을밤의 미풍을 따라 솨, 솨 몸을 뒤채며 은빛 물결을 이루는 메밀꽃들이 가만가만 두 사람의 벗은 몸을 간질이고 있었어. 그가 나를 향해, 내가 그를 향해 그렇게 오랫동안 달려왔던 마음이 정점에 다다르는 순간, 그것은 정염이 되어 불타올랐어. 그가 내 귓바퀴에 뜨거운 숨을 몰아넣으며 당신은 왜 이제야 내 앞에 나타났냐고, 당신은 도대체 어디에 있었냐며 안타까운 속내를 쥐어짜면서 동시에 내 위에서 부르르 몸을 떨었어. 온 세상이 다 손가락질 한다 해도 후회하지 않을, 세상을 다 준대도 바꾸지 않을 내 생애 단 한 번, 단 한 사람을 그렇게 가질 수 있었던 거야.

그때의 그림은 결국 미완성이 되고 말았지만 동시에 그것은 완벽한 완성작이었어. 내 인생의 절정감과 최대의 환희가 그 그림 속에 투영되었기에. 다음 날 그에게 그 그림을 건네 줬고, 그는 아무 말 없이 두루마기 소맷자락 깊숙이 그것을 받아 넣었어.

그날 율곡은 끝내 봉평에 나타나지 않았어. 하지만 왜 못 왔는지, 아니 안 왔는지, 무슨 일이 있었는지 나는 묻지 않았고 율곡도 아무 말 하지 않았어. 또한 내게 아무것도 묻지 않았어. 봉평에서 하룻밤을 보내고 왔음에도 나는 아무 일 없었다는 듯이 호미를 챙겨들고 여느 날과 마찬가지로 생업의 터전으로 향했지. 그렇게 떳떳하고 그렇게 당당할 수 있다니. 세상이 나를 칠거지악을 또 한 번 범한 여자로 몰아세울지라도 말이야. 그날 이후 우리 세 사람이 함께 만나는 일은 더 이상 없었고, 물론 그와 나, 그와 율곡이 따로 만나는 일도 없었지.

몇 달 후 남편이 결혼 후 29년 만에 드디어 취직을 했고, 우리는 파주를 떠나 서울 삼청동으로 거처를 옮겼어. 사람들은 내게 이제 고생 면했다며 앞으로 남편 밥 먹고 남편 울타리에서 사랑받으며 지난 일은 다 잊고 부디 행복하게 살라는 덕담들을 건넸지. 그리곤 삼청동 생활 1년 후 나는 세상을 떠나게 된 거고. 그때 사람들은 다시 그나마 늘그막 인생은 피나 싶더니 고생 끝에 죽을병을 얻었다며 지지리도 복 없는 사람이라고 혀를 끌끌 찼어. 자갈길, 가시밭길, 진흙길 다 건너와 이제 평지길을 가나 했더니 아예 황천길을 가고 말았다고 허망해했지.

하지만 내게 그런 것들이 더 이상 무슨 의미가 있었겠어? 율곡이 나의 죽음을 그에게 알렸는지, 미완성인 채 그에게 정표로 준 나의 봉평 작품이 그의 사후 어떻게 되었는지 나로서는 알 길이 없지만 그것으로 되었어. 그 모든 일들은 남은 자의 몫일 뿐, 이미 나의 일은 아니기에…….”

사임당의 편지는 여기까지였다. 인선은 비로소 모니터에서 몸을 떼며 피로해진 눈을 비볐다. 기나긴 꿈을 꾼 것 같았다. 사임당의 삶과 사랑, 그리고 오롯한 예술혼이 둔탁한 아픔으로 다가왔다. 사임당은 대화 내내 인선과 자신을 동일시하며 인선을 자신 속으로 초대했다. 사임당의 각박하고 고단한 현실이 인선의 그것으로, 사임당의 죽음이 인선의 이혼으로 선긋기를 할 수 있는 의미 이상이었다. 그것은 시대를 초월하는 두 사람의 예술세계, 예술을 통해서만 숨을 쉴 수 있는 두 사람의 운명적 조우와도 같았다.

묵음으로 두었던 휴대전화가 부르르 몸을 떨었다. 액정에 아들의 이름이 떠올랐다.

“엄마, 보내 주신 메일 모두 잘 받았어요. 엄마에 대해 그간 몰랐던 것, 어렴풋이 짐작만 하고 있었던 사실들을 이번에 알게 됐고 엄마를 더 이해할 수 있게 됐어요. 말씀해 주셔서 고마워요. 엄마의 아픈 어린 시절을 보상해 드리지도 못하고……. 지켜 주지 못해서 미안해요. 엄마가 아빠한테서 그런 험한 일을 당할 때 제가 지켜드리지 못했어요. 엄마, 미안해요. 그리고 사랑해요."

아들은 흐느끼고 있었다.

메일이라니? 인선은 이메일을 열고 보낸 메일함을 살폈다. 인선이 아들에게 보낸 십여 통의 메일이 빼곡히 들어 있었다. 그것은 하루 하고도 그다음 날 새벽까지 써 내려간 절박하고도 숨 가쁜 자기 고백이었다. 사임당의 고백이 곧 인선의 고백이었던 것이다. 아니, 사임당이 인선의 아들에게 엄마의 이야기를 대신 들려준 것이었다. 그 밤 사임당이 인선의 아들에게 다녀간 것이었다.

모니터 속 사임당이 홀연히 떠난 후, 인선은 멍한 상태 그대로 한동안 책상 앞에 앉아 있었다. 잠시 후 긴 숨을 내 쉬며 책상 한 모퉁이에 놓여 있는 탁상용 거울에 얼굴을 비춰 보았다. 마치 타인의 눈을 들여다보듯, 거꾸로 타인의 시선으로 자신을 보듯 그렇게 거울 속 인선과 눈을 맞췄다. 그 눈빛과 시선에는 어느새 사임당의 그것이 배어 있었다.

인선의 약속이 곧 사임당의 약속이라는 확신의 눈빛을 서로 교환하는 순간, 사임당이 맨 처음 인선에게 했던 말이 생각났다. 사임당은 인선에게 새 삶을 살도록 해 주겠다고, 잃었던 정체성을 되돌려 주겠다고 약속했었다. 그것을 위해 인선이 할 일은 자신의 이야기를 편견과 선입견 없이 들어 주는 것이라고 했다. 그러면서 사임당은 가슴을 답답하게 여민 치마끈을 과감히 풀어 헤치며 헐렁한 고무줄 바지 차림으로 인선 앞에 퍼질러 앉았던 것이다. 혹시 사임당은 인선을 위해 기꺼이 망가졌던 것은 아닐까.

순간 현모양처라는 찌들고 묵은 화장품을 긁어내고 원래의 표정과 활기를 되찾은 민낯은 사임당의 것이 아니라 인선의 것이었다는 자각이 전류처럼 등골로 흘러내렸다. 인선이 품었던 사임당에 대한 안타까움과 안쓰러움은 실은 사임당이 깨우쳐 주고자 한 인선의 모습이었던 것이다.

이제 사임당은 인선에게 묻고, 그리고 당부하고 있다. 그대 아직도 과거에 구속되어 있느냐고, 그 못난이 자화상을 시원스레 벗어던지고 내 손을 잡고 자유로운 날갯짓으로 비상하지 않겠냐고. 마음 깊은 곳에서 원가족과 남편을 떠나보내고 굳건하고 당당하게 홀로 서지 않겠냐고. 당신, 부디 행복하기를, 그리하여 아이들을 당신의 행복 안에 쉬게 하라고. 하늘이 당신에게 준 고귀한 생명의 가치와 소중한 재능에 대한 사명을 잊지 말라고.

인선의 눈앞에서 4년 전 어느 새벽, 시드니 킹스포드 공항으로 들어서는 초라하고 막막한 한 중년 여인의 영상이 소리 없이 흘렀다. 여인의 손에는 낡은 옷가방 두 개가 들려 있을 뿐, 마치 추방이라도 당하는 양 모든 것을 시드니에 두고 떠나는 중이었다. 감정이 복받쳐 오르기 전에, 억울함과 슬픔이 아우성을 치기 전에 서둘러 비행기를 타야 했다. 검색대를 하나하나 통과하면서 숨 죽여 시드니를 빠져나가고 있는 여인. 4년간 인선의 뇌리에 반복적으로 재생되어 온 너무나 익숙한 회상이었다. 여인은 회색 지대에 놓인 듯 무표정했다. 어쩌면 울지 않기 위해 감정을 가장하고 딴청을 피우는 듯도 했다.

그러나 오늘 그 여인의 입가에 희미한 미소가 번지는 것을 인선은 보았다. 인선은 자신도 모르게 의자 등받이에서 등을 떼어 곧추세웠다. 자신이 착오를 일으킨 것이라 여겨 기억의 잔상을 바로잡기 위한 무의식적 몸짓이었다. 그러나 여인의 미소는 의연하고 잔잔한 표정과 함께 점차 또렷해지고 있었다.

검색대를 지나올 때마다 얼굴은 더욱 밝아졌고 환하게 빛이 났다. 뒤따라 수속을 밟던 누군가가 여인의 어깨를 톡톡 쳤다. 반사적으로 고개를 돌리는 여인에게 장난스레 눈을 찡긋하는 또 다른 여인, 사임당과 인선이 애초 그렇게 조우했던 것이다.

사임당은 인선에게 '신인선'이라고 새겨진 자신의 패스포트를 살짝 열어보였다. 놀란 마음을 수습할 새도 없이 고개를 반쯤 돌린 채 앞에 선 인선은 대열을 따라 움직였다. 어정쩡한 자세 때문에 중심을 잃은 가방의 바퀴가 헛돌면서 인선의 발치에 걸렸다. 순간 뒤에 섰던 인선이 가방 손잡이를 대신 쥐더니 성큼 다가섰다. 앞의 인선이 반사적으로 물러서며 둘 사이에 거리를 만들려는 찰나, 뒤의 인선이 그녀의 몸 안으로 쑥 들어가는 것이 아닌가! 망막에 맺힌 잔상이나 뇌리의 착각이 아니었다. 그것은 인선의 체세포적 기억을 깨우는 충격이었다.

| 작가의 말 |

안회가 어느 날 배를 타고 강을 건너게 되었습니다. 사공이 배를 젓는데 몸놀림이 가히 신의 경지에 달한 듯 보였습니다. 안회가 물었습니다.

"배 젓는 법을 내가 배울 수 있겠는가?"

사공이 대답합니다.

"물론입니다. 헤엄을 잘 치는 사람은 몇 번 저어 보면 금방 배웁니다. 잠수에 능한 사람 역시 배 같은 것을 본 적이 없어도 금방 노를 저을 수 있지요."

그 말이 선뜻 납득되지 않은 안회가 사공에게 왜 그런지를 물었지만 그는 아무 말도 하지 않았습니다. 나중에 스승인 공자에게 이 이야기를 하자 공자가 이렇게 말해 주었습니다.

"헤엄을 잘 치는 사람이 배를 저을 수 있는 것은 물을 의식하지 않기 때문이다. 물에 빠지는 것이 두렵지 않으니 오직 배 젓는 것에만 집중할 수 있다. 또한 잠수를 할 수 있으면 배가 뒤집히더라도 결코 당황하지 않는다. 그 사람은 깊은 물속이 마치 발이 닿는 언덕처럼 여겨져서 배가 뒤집힌 것을 수레가 뒷걸음질 친 정도로 여긴다. 따라서 엎어지든 뒤집히든 물러나든 미끄러지든 어떤 역경과 위험이 닥치더라도 그것들이 마음을 어지럽히지 않는다. 그러니 늘 마음에 여유가 있는 것이다."

『장자』「달생」편에 나오는 이야기입니다. 소설을 쓴 후 장자를 인용하는 데는 두 가지 이유가 있습니다.

첫째, 소설이라는 걸 처음 써 보면서 제대로 쓸 수 있을지, 제대로 쓰고 있는지, 제대로 쓴 것인지 스스로 확신을 할 수 없었기 때문입니다.

글을 쓴 지가 30년 가까이 되고 지금까지 책도 다섯 권이나 냈지만 소설만큼은 이번이 처음이라 두려움과 긴장이 컸습니다. 그런데 알고 보니 저는 헤엄을 칠 줄 아는 사람이었습니다. 장자의 말대로 소설이라는 배를 무리 없이 저어 갈 수 있었던 것입니다.

또한 저는 글의 바닷속으로 유연하게 들어갈 수 있는 잠수부이기도 하기에 역시 소설이라는 노를 익숙하게 잡을 수 있을 것이라고 장자가 격려했습니다. 단, 헤엄을 잘 치고 배를 잘 젓기 위해서는 물을 의식하거나 두려워하지 말아야 한다는 단서를 붙였습니다. 그러면서 친절한 장주(장자의 이름) 씨는 그 방법도 일러 줬습니다. 즉, 오직 거기에 집중하라는 것이지요. 다만 몰두하고 전념하라고 당부했습니다.

둘째, 어떻게 그것이 가능한지를 묻는 안회를 향한 공자의 답(실상은 공자의 입을 빌어 장자가 한 대답이지만)은 어떻게 살아야 할지에 대한 답이기도 했습니다.

배가 뒤집히고 거꾸러지는 등 어떤 역경과 고난을 마주한다 해도 노련한 잠수부나 뱃사공이 그러하듯이, 마음을 흩뜨리지 않고 여유를 가질 것을 장자는 당부하고 있습니다.

나이가 들어갈수록 '글이 곧 그 사람'이라는 것을 인정하지 않을 수 없습니다. 그런 의미에서 장자의 이 말씀은 앞으로 제 글과 삶에 길잡이가 되어 줄 것입니다.

2016. 12월

신아연

이 책의 내용은 신사임당의 일생을 바탕으로 하여 작가의 상상력으로 창작 되었습니다.